暖暖的春阳

王永忠 著

九州出版社
JIUZHOUPRESS

图书在版编目（CIP）数据

暖暖的春阳 / 王永忠著. -- 北京：九州出版社，
2024.4
ISBN 978-7-5225-2856-4

Ⅰ．①暖… Ⅱ．①王… Ⅲ．①散文集-中国-当代
Ⅳ．①I267

中国国家版本馆 CIP 数据核字（2024）第 087614 号

暖暖的春阳

作　　者	王永忠　著	
责任编辑	刘　嘉	
出版发行	九州出版社	
地　　址	北京市西城区阜外大街甲 35 号（100037）	
发行电话	（010）68992190/3/5/6	
网　　址	www.jiuzhoupress.com	
印　　刷	四川科德彩色数码科技有限公司	
开　　本	880 毫米 × 1230 毫米　32 开	
印　　张	7.75	
字　　数	160 千字	
版　　次	2024 年 8 月第 1 版	
印　　次	2024 年 8 月第 1 次印刷	
书　　号	ISBN 978-7-5225-2856-4	
定　　价	68.00 元	

时光角落里的温暖

阿　来

四川作家王永忠的散文集《暖暖的春阳》即将出版，文学川军又出新成果，是一件可喜可贺的事。

王永忠少年时代立志文学创作，虽长期从事新闻工作，但从未放弃文学追求，笔耕持之以恒，作品颇丰，且曾有长篇报告文学《凉山之鹰》获得过四川文学奖，进取之心时光可鉴。

时光有情。王永忠的少年文学初心，催生了他另一个文学理想：倾力挑起了四川省青少年作家协会法人代表、会长的重担至今已逾十年，成长为四川青少年文学事业挑大梁的组织者与活动家。

时光荏苒。为此理想，他也曾邀请我多次与青少年作家座谈交流，由此得知，他致力于四川青少年文学事业，勤于探索，善于创新，相关活动开展得丰富多彩，有声有色，收获的正是一片暖暖的春阳。而这部散文集的书名，因此而引人联想，或许与王永忠在这一番事业打拼中所收获的心境相关。

时光温暖。阅读全书，才发现不止上述联想。风物人物，春花秋月，74篇文章，题材广泛，内容丰富，是王永忠由童年时光至中年人生，自山乡水土到城市都会的人生足迹连缀而成，更是王永忠以文学意境领悟人生的珠串之作。

时光存辉。这部散文集是成功的，成功之处在于，在暖暖的春阳里，可以读出时光的味道；在时光的角落里，可以读到共情的人生。

以文学品尝时光，文学并非神秘之物，仅仅是作家较之常人，更具一番多愁善感的天赋。欲动人必先动于情，并集自我心物感应，抒发为词语：悲天悯人，常为人生际遇与自然万物感动；飞扬想象，以曲笔意象营造空间伸展之意境；驰骋思想，以生命终极、哲思追问之内蕴引领思想高度。

综上，王永忠的散文篇什，是具备了这样一些精神品质的。所以他的文笔，不造作、不矫情、不投机，而是有真情、有才气、有灵性的，得以涉笔水土乡愁，而情真意切；纵横时光往复，而美丽依然。

分享王永忠收获的时光的温暖，并借此寄望他继续努力，为读者奉献更多好作品。

是为序。

阿来，著名作家，中国作家协会副主席，四川省作家协会主席，茅盾文学奖、鲁迅文学奖获得者。

目　录

第三篇章 | 在时光角落里读你

暖暖的春阳

春天降临大地，
愿所有的伤痛都能被春天抚平，
但留下的每一道伤痕，
都能让我更加热爱和珍惜生活。

春花小馆

约莫一年半前，楼下的串串店换成了一家小饭馆，店面很小，门头也没有多加修饰，只是挂上了红底黄字且不大响亮的招牌——春花小馆，倒也是配了这老旧街区落拓不羁的调性，它和众多苍蝇馆子一样隐在参差错落的街面里，稍不留意，便会错过。

春花小馆的老板并不叫春花，她是个四十岁出头的女人，圆脸盘子，大眼浓眉，肤色略黑，面颊上带着的两团擦不去的酡红，衬得脸色愈暗，可是她的声音爽朗热情，带着干活人的那股子利落劲儿。

我常去春花小馆，倒也不是因为他们家小菜味道不错，主要原因有二，一来是近，二来是热闹。对于吃食，我的要求向来不高，但是我喜欢热闹，而春花小馆恰恰满足了我爱看"热闹"的需求。

夜幕将近的时候是春花小馆最忙碌的时候，外头是渐渐亮起的万家灯火，忙碌一天的大人小孩热热闹闹地从门前走过，而饭馆内也是人声鼎沸，老板脆亮的声音夹在嘈杂的人声中听得人欢喜。

"凉拌肚丝，好嘛。"

"甜皮鸭一份。"

"今天腰子新鲜得很。"

即使在最拥挤的饭点，春花小馆也有我的一席之地，一张窄方桌、一碟红油泡菜或是凉拌折耳根，配上两个热炒，一个人，一杯酒慢慢哑。一顿饭，我能消磨一两个小时，老板很大方，并不因我是个磨蹭的食客而曾怠慢我，容我有足够的时间来看这匆忙世人箪食瓢饮的人间百味。

脚下生风的外卖员捧着一碗捞面，呼哧呼哧几口吃完，凳子还未坐热，便又脚步匆匆地出发给他的客人们送餐。

也有西装革履的年轻小伙，点一份盖饭、一瓶啤酒，就着老板赠的一碟小菜，慢慢吃着，脸上表情放松自在，似乎连他头上那喷了发胶一丝不乱的头发看上去都松懈了好些。

饭馆里，最多的自然是这里的居民老小，经常和我拼桌而坐的大爷，八十好几，虽已儿孙满堂，却仍一人独居。他和我一样，一杯酒，一盘子菜，我们二人摆起龙门阵也很潇洒。

我也常常会碰到一个带小娃娃的婆婆，娃娃三四岁，脸蛋肉鼓鼓，可爱得很，两人只点一份面，就见老板每次都把那碗面装得满满的，那像小丘一样鼓起的面，是老板悄然的、恰到好处的善意。

在春花小馆，不论年龄，不分职业，只要进门了，坐下了，就是简简单单的食客。

年初的时候，因为疫情，我关在家里一段时间，等到终于解封了，带着对自由和"热闹"的渴望，我一路哼着小曲往春花小馆走。

此时初春，天空仍是冬日般惨戚戚的灰白色，街道两旁的树枝上也还没有新叶长出，光秃秃的，和这空落落的老街一样，了无生气。

而在快步抵达春花小馆后，我发现它竟猝然消逝在这闷沉沉的春天的老街里，它蓝色的卷帘门紧闭，正中央贴着一张白纸，纸上手写着"旺铺转让"四个姿态颓丧的大字，倒衬得那红底黄字的招牌有了气势。

我心下怅然，在这个春天里，我失去了一个重要的朋友，我想，对于很多人来说，亦是如此。

春日限定

　　一提及春日便是春色满园关不住，河图《春日迟》里说，等三月莺时，云岫成诗，晕染故事，像春雪化时，花开满枝，流水渐渐，淹没城池，抱香而死，我遇见你，都是人间最好的事。春日里的遇见是心生欢喜，是枝头虫鸣，是水中游鱼，是苍穹飞燕，是随行暖风。春日总占有着各方美色。

　　"肃肃花絮晚，菲菲红素轻"是杜甫笔下的春日好景。这春日的风光犹如千娇百媚的妙龄女子，一颦一笑，言行举止之间总是藏着无尽的风情，藏于春意盎然的丛林之中，葱郁茂密的灌木之间，流转在针形、细小鳞片形、扇形、多边形的叶子交错的缝隙之间，动人又清纯，妩媚又优雅。

　　北方的海棠花也疏疏朗朗于春日限定中，倩丽娇嫩，香艳欲滴。"琼蘂籍中闻阆苑，紫芝图上见蓬莱"是唐人李绅看中的海棠绝色，在苏轼的《寓居定惠院之东，杂花满山，有海棠一株，

土人不知贵也》中也诉"嫣然一笑竹篱间，桃李漫山总粗俗"。春光中海棠就是这样花姿绰约、独具风韵，文人骚客们也躲不过海棠的风情，淡淡的月光下，粉色的花瓣衬得夜色更浓。

翠鸟也是春日限定款，常常停留在水边的苇秆上。它的颜色非常鲜艳，头上的羽毛像橄榄色的头巾，绣满了翠绿色的花纹。蜂鸟也深得春日的青睐，喜在金灿灿的迎春花瓣间寻蜜。灰褐色的杏树伫立在土壤之上，树冠为圆形，走近一看你就会发现深色的树枝被或白或黄的花朵点缀着。

白中带粉的樱树在春日里争先恐后地摇曳着身姿，若是一阵阵微风拂过，轻盈的花瓣便飘飘然在空中划出美丽的弧线，树皮亮得发红，衬得白花更白。桃花也是拒绝不了春天的邀请的，椭圆状披针形的叶上面挂着晶莹剔透的水珠，稍不注意便滴答一声落下再融入土中，滋润着大地。桃树干灰褐色，粗糙有孔。丁香也喜欢在这浪漫的春日里舒张花瓣，紫丁香有着四片淡粉色的花瓣，花瓣中央夹有一根淡紫色的深管，一股幽香就从这深管里缓缓飘出。

春日河边柳树飞舞着曼妙的枝条，"细柳生堂北，长风发雁门。秋霜常振叶，春露讵濡根。朝作离蝉宇，暮成宿鸟园。不为君所爱，摧折当何言"。因"柳"与"留"同音，杨柳依依也变成了一种愁绪，这春日里淡淡的愁绪。紫藤作为春日的那抹紫，也是别有风味，"紫藤挂云木，花蔓宜阳春。密叶隐歌鸟，香风留美人"，李白笔下的紫藤便是如此，一串串饱满的花穗挂满枝头，犹如紫色瀑布，深深浅浅的紫，仿佛在流动，如梦如幻。青绿色的碧桃压弯了枝头，作为春日的常客，彰显着春日的万种风情。

素有"花中之王"美誉的牡丹花也是春日限定中的一绝，在唐人徐凝的《牡丹》中"何人不爱牡丹花，占断城中好物华。疑是洛川神女作，千娇万态破朝霞"，牡丹美色世人皆醉。若是开了漫山的牡丹，便犹如一幅连绵不断、精妙绝伦的五彩锦缎，让人可饱览婀娜多姿的国色天香。阳光里，在或浓或淡的新绿的映衬下，那漫山的牡丹像碧天里可爱的星星；轻风过处，那漫山的牡丹泛着鲜亮的波纹，一波儿赶着一波儿，像友谊的电波传向远方。看见牡丹就想到了荷花，西湖的荷花"出淤泥而不染，濯清涟而不妖"，一朵朵婀娜多姿的荷花在夜色中舒展开她们纤细的腰肢，粉嫩的荷花羞涩地打开了花瓣，露出美丽的花蕊，展开了笑容。

春日限定美不胜收，美得总是风情万种。

春去春又回

　　风筝在我们重庆叫"风兜儿"，有风兜儿在天上飞的时候，春天就到了。

　　挑一个有风的日子，来到田野里，放风兜儿的人挺多，好在场地很宽阔，这里的风比别处更强烈，确实是放风筝的好地方。空气中弥漫着刚刚破土而出的青草味道，耳边是大家呼朋引伴喝彩的声音。来的都是邻里街坊，互相帮衬着，热闹又温馨。

　　去的时候，空中飞得最高的是两只大燕子，两只风兜儿好似在空中争斗了起来，一会儿你高，一会儿我高。几家人在底下看着，叽叽喳喳讨论着，好不热闹。孩子们也互相较着劲，紧盯着自己的风筝，谁也不服谁。

　　看着燕子们矫健的姿态，我对自己亲手挑选的那只火红的鲤鱼风兜儿更加期待了，认为它一定会是这里的佼佼者！爸爸还在跟那些亲朋邻里打招呼，我就已兴奋地跑着占领了一块空地，迫不及待地催促着爸爸。

大鲤鱼风筝终于要飞了，爸爸在后面举着风筝，我在前面拉着风筝线全力奔跑，可风筝只是低矮地在空中停了几秒便盘旋着落了下来。我一次次随着风筝的起落或欢呼或失落，心情渐渐地急切了起来。这么折腾了一段时间，呼呼的风从耳边吹过，可我却出了一身汗。

看着那些各式各样的风筝在空中翱翔，我心里感到有些嫉妒，甚至埋怨起风筝来，反正是无法接受自己不如别人的结果。邻居家的叔叔过来帮忙，我颇是不满地站在一旁看着，总觉得找了别人来帮忙就代表着已经输了。

随着他们的奔跑，风兜儿逐渐在很低的空中变得平稳，我的心就跟着吊到了嗓子眼。我期盼它能够落下来，以便我能为自己放不起风筝找一个风筝有问题的借口。但当我看到逐渐升高的风筝时心却怦怦地跳起来。

一阵强风过来，爸爸迅速放线，风筝一下子腾起飞上高空，我心中那点不甘顿时烟消云散，也跟着他们在田间欢呼着奔跑起来。

每每想起这次经历，我都会回味风筝带给我的快乐，也为自己当时狭隘的心胸感到惭愧。转眼到了冬天，我们举家搬到了县城。

爸妈忙忙碌碌地工作供我上学，而我的时间也被繁重的作业和各种各样的补习班填满。城里形形色色的小玩意儿让人大开眼界，层出不穷的网络游戏也风靡一时。可不论怎样新奇的玩具，再也没能让我感受到当年的那种快乐。至于那个风筝，在搬家途中被压坏了，为了简装便行而在半路惨遭遗弃。

去年春天，与朋友出游时看着街头琳琅满目的风筝，心中浮现那次美好的回忆，便挑选了一只喜欢的样式，与朋友相约一起去放。

来到公园，精心打理过的草地上成堆坐着来游乐的人，花色各异的风筝在空中乘着风相互争斗，抢占着狭窄的空间，好像水缸里的鱼一样希望自己能在这一方天地中尽可能自在地翱翔。

我们两个放风筝的新手在地上扑腾了好一会儿，风筝一次又一次地扎到了地上，希望无数次地落空，终于我们只能无奈地放弃。朋友提出寻求高手的指教，但放眼望去，大家都在各自的小团体中忙着享受当下的快乐，我们两个尴尬又无助的人与这里的气氛格格不入。

我有些怅惘，春去春又回，但童年时那种纯粹的能为风筝飞起而感到欣喜若狂的时光已经一去不复返了。迎面吹来一阵风，可是风里已经没有了泥土和青草的芳香，耳边嘈杂的说笑叫喊声让人心烦意乱。我们拿起风筝，离开了这里。

新买的风筝被放进仓库无人问津，我跟从前一样继续着忙忙碌碌的生活。

突然一天晚上，我在梦中又回到了那片原野，我随着风筝奔跑着，开怀地笑着。是了，这就是我记忆中放风筝该有的乐趣。

起床后我赶忙去仓库找风筝，可它的骨架已经生锈，轻轻一掰就断了。

我从此彻底断了放风筝的念想。过去的美好回忆只能是回忆了，而我能做的便是向前看，带着这份美好的记忆继续前行。

油菜花开

　　人间三月天，油菜花是主角。回乡省亲的路途上，放眼望去，田地里一片片都是金黄色的油菜花，这些金黄色的花像云朵一般，一朵一朵地散落在土地上，让春天美得像一幅画。

　　回到乡下后，我迫不及待地走出家门，漫步在乡野村间，大地此时焕发着勃勃生机，树梢上发着新芽，鸟儿声声叫着。金灿灿的油菜花点缀了整个田野。这不起眼的花，却是田野里最亮眼的存在。

　　油菜花散发着阵阵沁人心脾的花香，吸引来了成群辛勤的小蜜蜂。走近一看，它们正在花间辛苦地劳作着。

　　人们赞美梅花、菊花、牡丹花，却很少有人赞赏油菜花。可我觉得油菜花才是最应该被赞赏的花。人们种下油菜花种子，它还小未开花时，我们可以把它当菜吃；它长大了又开出美丽的花来，蜜蜂可以采摘花粉，酿出甜甜的花蜜来；等它老了，产出油菜花籽，可以榨出清亮的菜籽油。可以说它的一生都是宝。

油菜花留给我很深的印象，它陪伴了我很长很长时间，从少年到壮年。每一年我看油菜花都有不同的心境，惆怅的，释怀的，不安的，欣慰的，如释重负的……都有。

不过我唯一能肯定的就是，油菜花不屑于那些虚头巴脑的称赞，它独自静静地在田间长大，开花结籽。

我们做人也应该与这油菜花一般，踏踏实实地成长，独自绽放，不与其他的花比较。待时间一到，便交出饱满的果实。

时代在进步，乱花迷人眼，我们周围的人有多少是急功近利的，有多少是快速求成的？独独缺少了一份安静的踏实。正是少了这份安静的踏实，人们才会失败。

我走过很多地方，遇到过很多人，经历了很多事情。最后我想明白了，生活是苟且的，不是诗和远方。只要沉得住气，像油菜花一样，在一隅安静踏实地成长，成功也是唾手可得的。

如今，很多人都认为我很成功，可他们只看得见我表面的风光，却看不见我独自艰辛努力的过程。如同油菜花一样，我们只看得到它美丽的花朵，却不知它经历过怎样的困难，又要迈过多少风雨天，才能到达收获的季节。

成功不是那么简单的，是需要付出努力的。所以我们在遇到困难的时候，一定要坚持本心，踏实努力，一定会有好的结果的。

漫步在田野，很多记忆回荡在脑海里。幼时的，少年的，青年壮年的，一幕幕都出现在眼前。它们像是我生命的指明灯，在我丧失斗志时，给我以希望。

或许没人称赞我，记得我，但是我就在那里安安静静地汲取营养，以期开花结籽。

一步一个脚印说起来简单，做起来又何其艰难，只求无愧于心。

生命漫长又短暂，年轻的人们，当你们迷茫且丧失希望的时候，去那田野转一转，看看美丽的油菜花，它们或许能给你启示和安慰。

四　月

　　和风煦日的天气，猛地降了场骤雨，爱人在阳台上养的花儿们未来得及搬回屋内，细嫩的枝叶被风雨卷得摇摇欲坠。

　　爱人心性柔软，加上这些花花草草都是她平日里精心细养的，所以看见花草折腰的场景，心下不忍，叹道："这恼人的四月天！"

　　我帮着将花草一盆一盆地搬回屋内，没了风雨，细细的枝条上肥嫩的绿叶便又恢复了神气，有几盆顶上生出了圆圆小小的花苞，运气不错，没被这疾风给摘了去。

　　我安抚爱人："你看，这不都还好吗？"顺便替我最喜欢的四月辩驳两句，"四月里，雨水多，气温适宜，你这些花花草草才长得好。"

　　确实，四月是多么美好的一个月份。

　　三月里，春风总归还是冷的，可一入四月，拂面的风儿立马和煦起来，彻底褪去了北风的烈性，"吹面不寒杨柳风"，四月的春风是最轻柔、最温婉的，恰似一位堪堪长成的少女。饶是那夜晚的风，也不再沾着寒气，而是挟着芬芳，钻入鼻腔，温润微湿的气味，或许是桃花，抑或是杏花，馥郁香甜，让人沉醉。

"造物无言却有情，每于寒尽觉春生。"春风一吹，各种花儿都次第开了，初是嫩黄的连翘，粉白的早樱，继而是粉嫩红艳的桃花、杏花，再而是一团团、一簇簇粉紫色的晚樱。然而百花齐放的四月里，我最喜欢的是杜鹃，因为它们开得最热闹。连着几场春雨之后，杜鹃冒出殷红的花苞尖尖，在成片的绿叶上星星点点的，并不起眼，可再过两日，就像是变了戏法一般，成片的

绿叶竟悄然变成了红的、白的、紫的花海，杜鹃花们开得热闹拥挤，似火一般热烈，直至四月的尾声。

四月里，最不甘寂寞的是那柳絮，它们慢慢悠悠地顺着春风，洋洋洒洒，像春雪一般，落在地上、湖面、窗台、书桌。即便是没有风的时候，它们也能轻巧地起舞，打着旋儿缓缓升腾，无骨的身子，钻进阳光的缝隙里。它们数量众多，浩浩荡荡，有太多人讨厌它们，可我喜欢，我可以站在窗边，观察它们，看上大半天，仿佛每一片、每一朵柳絮都带着独有的灵魂，漫无目的却又恣意盎然。

当然，四月也有让我爱人困扰的疾风骤雨，成都的春天本就多雨少晴，我便更珍爱四月里温柔的春风、金贵的暖阳。

爱人依然在细心侍候她的花草，外面骤雨初歇，我望着被打湿的阳台，心想，该找个日子，为那些花花草草们盖个雨篷，这样，四月天在我爱人眼里，也不会再那么恼人了吧？

夏末小记

近日，总觉得有些困乏，想着可能是因为正逢这夏末秋初的时节。

这人也和这四季一样，有着春的生机、夏的蓬勃、秋的遒劲、冬的萧然。

我好像正经历着这夏秋交替的困顿，心头还想着窗外满目的苍绿快要没了，得快一些趁日头还不是太晒，去赏赏景，去府南河边走一趟，这样才总算是在夏天的风里吹了一场。

心上是这么想的，可还是悠悠地泡起一壶竹叶青，看着热气盈盈地冒出来，像青烟缓缓萦绕，映着窗外油油的绿，竟也是造了一幅青山白雾的妙景，怔怔地看了半晌，待到茶水不烫了，抿一口，温温的苦味卷舌而来，接着苦味散开，是清醇甘甜的后香，再啜一口，苦味没那么突出了，整个口中皆是醇醇甘香，连舌尖都溢出甘洌滋味。

　　我爱喝茶，年轻时候喜欢喝蒙顶茶，却不会仔细品茶中滋味，只是叹这蒙顶甘露一口下去，甘香鲜甜，不苦不涩，那时喝茶只是不喜苦，却也没有别的喜好。

　　就像那时，二十来岁，不喜苦日子，就想恣意潇洒。即便是酷暑难挨的日子，也总能找着成堆的乐趣，呼唤着三五好友，骑着车，热热闹闹地往郊外赶，一个个骑得大汗淋漓，把上衣脱了扎在头上，湿透的衣服被头顶毒辣的太阳蒸着，蹿出腾腾热气，一会儿就干透了。

　　骑得远了，看到野河，一个个就又赤膊光溜地往水里扎。那时的河水啊，是最冰凉爽快的，即使是嘴里猛地灌上两口，也不介意，只是啐地吐两下子，继续和朋友耍水、嬉闹。

　　待在水里泡够了，太阳好像也没有那么毒了，但也并不急着回去，几个人横七竖八地往树下一躺，闭着眼，哼哼歌，聊聊时兴的舞曲，还有喜欢的姑娘，能耗到日落西山，天色渐沉。这时蛙鸣虫叫满耳，斗大的蛾子和蝙蝠乱飞，好不热闹。

　　那时，并不觉得日头毒辣，苦夏漫长，只是希望这白昼能再长一些，好让我们将回家的小道看得清楚些，不再一不小心就翻进了沟沟里。

想着这些，就不禁捧着茶杯，笑出声来。那时候的狼狈之相，放到现在来看，依旧让人捧腹，三个人从满是泥水的沟里拽出车子，另外两个人带着满身泥，从沟里艰难爬出。

只是时间久远，好友的面目模糊了，就觉得那夜的月亮被蒙了层纱，风也是没有的，一路臭回了家。

其实那时候也不是不苦，只是不觉苦，即便是这些年过去了，回看过去，依旧觉得那时的日子甜得很。

而今，我的好友们，大多回了故乡，留我一人在蜀。而我，竟是待到这夏天都快过去了，才发现还没有吹一吹夏日的热风。

杯中茶水早就凉透，饮一口，已失了滋味。

眼前窗边，依旧是层层叠叠的绿，闪着夏日里最后的光，我却想不起来二十来岁的那趟骑行里，风是什么滋味。

秋　思

成都这两天，不觉已是入秋了，依旧泛着潮的空气里，多了一层凉意。

"罗衾不耐五更寒"，夜里盖了层薄被，硬是在后半夜给凉醒了，睡意也去了一半。

闭眼躺着，外头是淅淅沥沥的雨声，树叶子发出窸窣的声响，像是在和这场下了半夜的雨，谈了许久的天，而我像是一个不小心闯入的外人，悄悄听着，生怕扰了他们这场"秋天的初会"。

南方的秋天，相较于北方，总是来得迟一些、缓一些，总得下几场雨，待灰灰的天空渐渐出晴，云，也由散的聚成一团团，抬头再看看天，蓝里透亮，真真是水洗过的。太阳的光彩也由炽热明亮变成温和的泛着橙光的金色。

此时，树叶还不着急变色。

岸边的杨柳依旧风姿绰约，绿条条舞在泛着粼光的湖面上。

站得笔挺的栾树照样神气十足，树尖尖上冒出金黄色的一丛丛的花，迎在秋天的晨光里，被风一吹，热闹得很。过上几天，一颗颗像小珠子般的花就从高高的树上落下，在便道上铺了薄薄一层，娃娃们就会抓起一把，洒在秋风里，落在乌发上。

　　春风是温柔的，而秋风是浪漫的，它裹着淡雅的菊香、甜蜜的桂香以及炒栗子香，四面八方地，绕着你，围着你。

　　爱人最是喜爱那桂花，秋风一起，一颗颗淡黄的小小的桂花就被吹落在树底下、石阶上、小道边。她总会拾起许多，装在浅浅的瓷盆里，摆在窗边，风吹来了，是满屋的桂子香。她也会装一小碟放在我的书桌上，里面再盛些水，那些黄黄的小花就浮在浅浅的水上，香气悠悠，心也旷然。

每年秋天，我江南的好友都会寄一些蟹来。我不爱吃这费手脚的东西，爱人却欢喜得很。她可以慢悠悠地拆着蟹，灵巧地从蟹脚抽出细嫩的肉，蘸一蘸拌了姜末的香醋，再送进嘴里，心满意足地笑起来。蟹壳一拆，金黄的蟹黄颤颤地露出来，爱人喜欢淋上一些醋，拿着小勺，一口一口细细吃。

我问她是什么味的，她笑着说："鲜甜肥美四字不足形容。"

蟹的滋味，我可能无福享了，但我最爱那热炒栗子，光是闻一闻那热热的焦香的栗子味，就已开心极了。我在北方待过一些日子，北方秋天的街头，有很多炒栗子的铺子，巨大的炒炉轰隆隆地转着，一颗颗圆滚滚的栗子在里面翻腾，炒好了一炉，赶紧买了，剥一颗，烫烫地吃进嘴里，软糯甜香，美得很。

那冒着热气、捧着烫手的栗子就是我心头秋天最动人的果子了。

成都的秋天，没这么热乎，也似乎短得很，多的是那连日不绝的雨，就像今天夜里，这下了许久的雨。

不过，外头天已经有些泛青，雨好像歇住了，枕边爱人的呼吸温柔绵长，而我此刻，心雀跃着，迫不及待，想见那雨止后秋日的天，想闻那秋风里的浪漫，想尝那秋天的一口香甜。

秋 菊

一场秋雨一场凉，总是在雨后的凉意里，才惊觉秋已到。

四季有轮回，春生夏长秋收冬藏。夕阳无限好，只是近黄昏。或许秋比其他季节更加能引起人们沉重的感慨。

你们瞧，古人遗留下来的诗句，有"无边落木萧萧下，不尽长江滚滚来"的苍凉与壮观，有"停车坐爱枫林晚，霜叶红于二月花"的别样雅致，更有"采菊东篱下，悠然见南山"的人生感悟。

今年的秋，我愿意用一句话概括：这是一个多事之秋。对于在外打工的我，只觉今年活得比往年更加艰难。此时的我陷入人生的抉择中，或许该离开此处回家去了。人生有很多路，没人知道哪条路是对的，但是如果选择错了，或许是一生的遗憾。

凉风吹起街边的树木，阵阵黄叶打着旋落在脚下，无心观景匆匆一瞥便往家赶去。在住处的小院子里，见到了墙角的一簇菊花，那菊花开得正好，白的菊像瓷器一样精美，黄的菊像金子一样闪闪发光，绿的又像翡翠一样娇翠欲滴。

白菊盛开在几朵黄菊中，它们组成了一幅静物画挂在墙角。身边的行人匆匆而过，谁也无心为它们停下脚步。

晚间回到家后，父母又打来电话催促着我们回老家，他们说什么年龄该做什么事情，等过了年龄我该走下坡路了。心中烦闷得很，连饭也没吃，便下了楼。一眼便看到路灯下的菊花。

微凉的夜晚，它们如静谧的美人一样伫立在墙角。

正好有时间，不如陪这几朵菊花欣赏一下城市的月色。我走到墙边的小亭子里坐了下来。

或许是我有心事，更加羡慕起这几朵菊花来，季节到了它们心无旁骛地盛开着，是为自己盛开着，而不是因为谁多看了两眼就开得更加灿烂。

一层淡淡的灯光打在菊花身上，它们如舞台上的舞者，展示自己的美丽。微风轻拂，一阵沁人心脾的花香传来，诱得人往近了看。等近了又是另一种风景。我数了数大约有十一朵花，每一朵花的花瓣都十分的纤细，卷着向花蕊生长着。它们像调皮的孩子一样，愉快地扭动着茎秆，肆意地生长着。

路灯下，它们的花叶像一片片翡翠衬托着如宝石一般的花朵。

秋意浓，夜色也带着凉意，但是花儿们却依旧像勇士一般将自己的脸向着凉意盛开着。怪不得古人将菊花列为花中四君子之一。

四周安静下来，路灯下只剩下我的影子，看了看时间，已经十点了，我又匆匆上楼了。

在快节奏的生活中，我大约有一个星期没有注意到那簇菊花了。等我再注意到它们时，它们还盛开得那样灿烂，它们在微风中摇曳，好像在对我说，你的烦恼还在吗？电石火光间，我突然想到我也应该如同这簇菊花一样，只管努力盛开。不管是哪条路，只管努力盛开就好。

秋天的枫叶

一叶落而知秋，不知不觉间已经是秋天了。如果说要给秋天定性的话，那秋一定是活泼的。只有活泼的性子，才会有五彩缤纷的颜色。

人们总说感觉不到秋天的来临，秋就过去了。可秋不仅仅是需要我们用皮肤去感受，也是需要用眼睛去寻找的。

不信，你到郊外就可以看到，秋是金黄色的稻子，秋是树上红通通的果实，秋是桐树上白色的种子。

秋虽然短暂却是最让人难以忘怀的季节，我的家乡不只有金黄色的稻子，红通通的果实，白色的种子，还有记忆中的那片红色的枫叶。

因为工作原因每次回家都是年底，一直与红色的枫叶无缘。这次疫情突发，我不得不从工作的地方回到家乡。回家的第二天，我就在家乡的后山上看到了几棵红得正好的枫树点缀在树林里。

眼前的美景，让我想起了杜牧的《山行》："远上寒山石径斜，白云生处有人家。停车坐爱枫林晚，霜叶红于二月花。"很多人在解析这首诗的时候，说诗人赞美秋天，歌颂枫叶的美丽。但是我觉得诗人心中怕是也有难解的忧虑，才会在深秋的傍晚停下车来，欣赏美丽的枫叶。

或许你会说诗人是因为喜欢枫叶才会停留在山上欣赏枫叶。可是白天更能欣赏到枫叶的美不是吗？

我和诗人不同，我是"被迫"来欣赏这秋枫叶的。远远看去枫叶似一片火烧云停留在树林里，又像是有人在树林里点了一把红通通的火焰。这时候要感慨大自然的审美了，因为它知道给颜色单薄的秋天添上一抹艳丽的红色。

走近一看，那枫叶如同姑娘脸上的胭脂，颜色艳丽而不失生机。枫叶的样子是十分精致的，叶片向外突出了五个尖角，微风吹来，像一只只红色的蝴蝶在林间翩翩起舞。

通往山林深处的小路上，也铺满了红色枫叶，走上去沙沙作响。就这样小步地走到枫树下的小石头，静下心来坐一坐，感受一下秋天的诗意。

因着这美丽的颜色和形状，我十分喜欢枫叶。我不像其他人那样有才华，去写一些文字赞美它。但是它的美就在我的心里。

本来因为工作的原因，心情烦闷，可是靠近故乡，我的心情反而宁静了下来。尤其在看到记忆中的那枫树时，心就被眼前的美景治愈了。这年头人人都很艰难，一个好的心态才是最重要的。我要感谢这片美丽的枫林，它是我心灵的港湾，慰藉我了这颗不安的心。

冬 雪

腊月二十七的清晨，天还未大亮，我踏上返乡的路程，静谧的天空中飘起细小的雪粒，一粒一粒轻轻地敲打着我的车窗，似乎在催促我快些回家。

等我将车开到高速路上时，雪粒已经成势，在天地间织成层层的白色丝网，车子穿行其间，时间就好似静止了。

等天大亮后，正是应了那句诗"漠漠梨花烂漫，纷纷柳絮飞"。雪粒变成了一朵朵白色的柳絮，纷纷扬扬似蝴蝶一样俏皮地满天飞舞，它们欢快地落在树梢上，落在田野间，落在周遭人家的屋顶上。

没过多久，便是"忽如一夜春风来，千树万树梨花开"。天地间不见其他颜色，放眼望去白茫茫一片，田间地头落了一层厚厚的雪，这便是北国雪景图。

雪花似乎有化腐朽为神奇的力量，干枯的树木和野草以另外一种生机勃勃的模样出现在人们的眼前。

不得不感慨大自然的神奇，给万物凋零的冬送上了雪，给干枯衰败送上了无尽的想象和诗意。假如冬没有雪，就像夜里没星星一般，人世间该消弭多少关于雪的诗句，那样的世界该是多么的单调和乏味。

正是有了雪，人们才会期待冬的来临，雪落无声胜有声，雪是盛开在冬天的花，雪是在冬天翩跹的蝶，雪是在冬天嬉笑的精灵。可春来就凋谢，生命也是如此，有盛开时的绚烂，也有凋谢时的静美。

我的家在重庆，重庆的冬很少有这样大的雪，但那却是我心中最难以忘怀的雪。

记得小时候，每每到落雪的时候，我们这群小孩子都会跑起来、跳起来迎接冬的使者，甚至伸出舌头来品尝雪的滋味。

那时的雪花像是小棉花糖一样。可随着年纪渐长，重庆冬天的雪越来越小，雪就像是一粒粒细碎的绒花一般，从天空中慢慢地落下。

即使这样，它依然是我心中最美的景。每到落雪时，我心中是带着些许的兴奋的，立在野外的田埂上，昂头望着雪，像是在一等一场不期而至的偶遇。

雪和我是双向奔赴的，它们似乎能听懂我的心声，慢慢地落在我的眼睛和嘴巴上，我的心都被雪治愈了。

等我回过神来，天地间已是白雪皑皑。再回头向家的方向看去，屋顶上积了一层薄薄的雪，白色的烟雾从烟囱中袅袅升起，这是一幅极美的乡村冬雪图。

　　不知不觉间，车窗外，雪停了，世界也变成粉雕玉砌的模样了。家越来越近，希望故乡还有一场落雪等我回去。

雨　事

成都又下雨了。

三月的天，灰沉沉的，淅淅沥沥的雨落在窗上，汇成一串串的溪流，滑向窗边。

要是光看这景，也并不觉得难挨，毕竟雨气蒙蒙的天，也会有些浪漫。可是这冷还是让人跺脚，冬天的雨总是带着苦楚，即使是捧着热茶，饮上一口，也只能驱散一会儿的寒。

即使喜欢雨，我也不敢大胆承认我喜欢这冬日的雨。

我喜欢湿润暖和的春天的细雨，在夜里悄然落下，晨间伴着鸟鸣莺啼，将你唤醒，就像唤醒沉睡了一个冬天的你。

细细的雨丝淋在还未舒展的嫩叶上，葱绿油亮，冒着新生的光彩。早开的杏花颜色粉嫩，沾着雨水，含羞不语。

粉色，白色，绿色，沾上这雨水，都明亮起来。

春天的雨，是让人雀跃的，欣喜的。

说到喜欢，在我心尖儿上的一定是夏天的雨。

躺在竹床上，仰面朝天，盯着窗外豆大的雨，砸在窗台上，啪嗒作响。轰隆隆的雷声由远及近，雨势渐大，溅起的水花，落在窗边地上，一大片湿漉漉的。

婆婆急急地爬上楼，把那窗关上，笑骂："这娃儿，雨这么大，也不关下窗！"

每到夏天，父母总会把我往婆婆处送。

我尤其喜欢这样的夏天，在老旧的两层小楼里，有年头的木楼梯踩上去会咯吱响，我光着脚丫子，蹿上蹿下，婆婆从不骂。

婆婆欢喜地逮住猴一样的我，搂在怀里。婆婆身上的气味好闻，有一种栀子花的香气，可能是一个人独居，养了很多花花草草的缘故。

夏天的雨总是来得很急，天稍稍变，婆婆就会招呼我快把摆在屋外头的月季、秋海棠、毛百合，一盆盆往屋里搬。

大雨下下来了，黑沉沉的天才会亮起来，天上翻滚的云雾，被大风吹得瞬息万变，我躺在婆婆的腿上，一老一少，看着天，看着雨。

婆婆会酿一些酸梅酒，在大雨过后的傍晚，支起小桌子，喝上两口，我也贪嘴，偷偷尝上一口，只觉得酸涩，并不喜欢。

啊，我想我的婆婆，特别是夏天，一场酣畅淋漓的暴雨过后，空气中闷热不再，却多了那么些惆怅，像是那口酸涩的酸梅酒，涩得眼角忍不住溢出泪。

秋天的雨，多是浪漫动人的。

　　细细密密的雨水，不像夏天的雨一般粗暴热烈、掷地有声，只是绵密的，融进凉凉秋意里，雨丝卷着落叶，缠绵落下。

　　我淋过几场秋雨，雨丝很凉，怀里的恋人偎在胸前，却是热热的。

　　恋人发丝沾上莹莹的雨水，隐隐的香气透出来，是她喜欢的蓝风铃的味道。我拥着她，尽量不让雨丝沾湿她，她偶尔抬眼，我对上她那一汪秋水，心中自是缱绻万千。

　　雨，有万千种，大的，小的，细的，密的，有伴着大风的，有夹着雷电的。

　　儿时的小楼听雨，青年时的恋人雨中相拥，到年岁长了，捧着一杯热茶赏着冬雨，皆是人生。

起风了

一阵阴凉的秋风吹过，把已枯残的叶子卷得沙沙作响，一丝丝凉意，钻进窗缝，如蛊虫侵蚀着我身体一般，疼痛难忍，乍一想，却是忧愁，上了心头。

倚着阳台，烟抽了一根又一根，我抽一半，风抽一半，好似它也同我一样，心疼着那女孩。

偶然间，路过那条街，看着那女孩一次又一次地抹着泪，仰仰头，抿着嘴，又倔强地把泪憋了回去，眼泪好像不听话似的又落了下来，落在衣上，打湿了一片，落在草尖，草也耷拉着脑袋，落在地上，大地好似也能明白她的哭诉。

我不免好奇地走近，她看着非常小巧，好似在读书的学生一般，起先我以为是和我孩子一样，考试考不好，怕回家被父母批评，因为我的孩子经常这样，没考好，怕我失望，不敢回来，拿着这么低的分数见我，觉得愧对我这个老父亲。想罢，走上前，想和她聊聊……

谁承想，她是因为订婚的事，坐在这儿伤心。在家中的她，不敢流泪，怕父母担心，又怕挨骂，于是偷偷地跑了出来，发泄控制不住的情绪。在她的口述中，我知道了她的男友大她几岁，男友的父母也对其婚事很着急，因为房子的问题，却又耽搁了下来，不是买不起，而是要在所工作的城市再买一套。这个女孩年纪也不算大，这让我一时之间不知道如何开口，却担心起自己的孩子，以后若是这般，该如何……

在这个年代，经济决定地位，一定的物质条件已经成为相看的标准。20世纪七八十年代，结婚必备老三样——缝纫机、自行车、手表，而现在车、房、彩礼，足以压垮许多男青年。可若是换位思考，男生娶妻生子，连个遮阳避雨的地方都不提供，家又如何称为家？

或许上天冥冥中自有安排，无论天涯，无论海角，都将有人与你共奔赴，因此也无须管太多谁是谁的前世债需要今世偿，谁是谁前世情需要今世伤。走了该走的，来了该来的，缘散我们笑着别离，缘聚我们欢笑驻流年。

我希望我的孩子以后面对爱情，能是理智的。都说爱情容易冲昏头脑，但我只想他在爱别人之前，首先爱自己。每个人的生命中都会有遗憾，每一个遗憾都是不同的。如果回不到过去，那么放下是最好的，因为在世上，一定有一个人在等着你，不管在什么时间，什么地点，他／她终将会出现，请你不要着急，该出现时，他／她会悄无声息地来到你身边。若是遇见不想辜负的，我会支持你，但我希望是用你的能力来证明。

　　窗外的树叶沙沙地响起，我拢了拢衣服，掐断了手中的烟，吐出一口烟圈，我想时候不早了吧，我的孩子好像也快回来了。

　　我想，秋风能吹来累累硕果，也能送给我的孩子累累硕果，亲爱的孩子，祝你好运！

一种凋谢

朝花夕拾，我捡起的却是枯萎！

这个城市没有草长莺飞的传说，只有冷漠的眼神、麻木的表情、匆匆的背影，以及我这被同化的身躯。四月，这里拥有片片金黄的油菜花海，蜂飞蝶舞。这里有白墙青瓦、湖映垂柳的江南风景。

浅浅的睡眠，沉沉的梦幻，醒来，曾经的童年已在遥不可及的对岸。春花已落，夏叶未老。我们不再是趁着东风戏纸鸢的顽童。我们手中的那根线，束缚着纸鸢，而我们不知道，纸鸢也有着自己的向往，它们可以为了自由，粉身碎骨。不同的纸鸢有不同的命运，就像是不同的人，都背负着属于自己的十字架，那细细的丝线，那小小的顽童，又怎能牵得住他们的心呢？

有些事，曾经存在过，但回想起来，却又不知道它怎样存在过。

　　我曾经拥有一个如油菜花般甜蜜的家庭，三世同堂，永远迎着太阳绽放那张最灿烂的笑脸，然而，不承想，我们的家庭不能像油菜花那样，代代传承。

　　天空盛开着雪花，我们再也见不到那金黄的菜花。爆竹炸开了新的一年，今天是所有孩子最爱的日子，一桌丰盛的菜还有压岁钱，却不知道快乐后面什么东西正在凋谢。

　　有一个词叫曲终人散！

　　时间不会特意为任何东西停留，过年热闹的气氛和罩住整个村子的烟火气息，终是在微寒的风和淅沥的雨里渐渐消散。味道总归是淡了。初七过后，两口子就大包小包把行李丢进爷爷拉酒的三轮车里，一家三口蜷在车厢内，望着路边的房子不断倒退，对面的山脉起起伏伏，像波浪一样涌动，村口的小河因为枯水期的缘故，干枯成了衰老的血管，露出一块块摞在一起的鹅卵石。天空又落起了雨，淅淅沥沥，织成了一个细密的纱帐，将目所能及的景物都罩住，让人只能瞧得出一个轮廓。父母就这样离开了，一年一个轮回，家只是他们临时的驿站，离别才是这个家永远的归宿。

　　家中不再热闹，只有爷爷奶奶和我，曾经一起放风筝的玩伴，也都和我一样变得孤单。记得，我们爱在一起比较谁的风筝放得高，现在我们都知道了，我们无法控制属于我们的风筝，它们会挣脱我们手中的线，然后越飞越高，越飞越远。可是，走得再远，却总也达不到心中的那个永远。爸爸说："儿子，原谅我，你长大了就会明白的。"可是，当我明白这一切后，又剩多少时光让我们再一次共享天伦？

　　每当送别他们时，我总将眼睛睁得大大的，想要看清楚他们走时，每一座山、每一棵树、每一间房子的模样，并牢牢记住。可终是徒劳，这一切竟越来越模糊，越来越遥远。终于，无论如何忍耐，眼泪还是流了出来。

　　陌路尽头，有多少淡漠能留得住厚养薄葬的遗憾？在两根铁轨铺成的辛酸上，我给尊尊沉默在青碑下孤子的魂灵叩首。有多少尸骨未寒的灵魂遁入空寂，却在人间捞不起一丝纪念。

　　我长大了。朝花夕拾，却捡起了一个家庭的凋谢！

温柔隐于暮云秋影

蔡松年先生在《鹧鸪天·赏荷》中写道："山黛远，月波长，暮云秋影蘸潇湘。袅袅水芝红，脉脉兼葭浦。淅淅西风淡淡烟，几点疏疏雨。"

一幅秋晚荷花图跃然纸上，初秋时节，黄昏月下，一番荷塘月色。月下荷塘，一份幽静，暗香袭人，清虚骚雅，栩栩然也。那隐匿于暮云秋影的温柔，让塘边闲人由此沉沦。望着远挂天边的那轮圆月，若隐若现的亮光，好似在其中看到了故人的剪影，思绪慢慢潜入，几分离愁涌上心头，小虫子在粉嫩粉嫩的荷瓣上散漫地踏步。

想到温柔，就想到了河边徐徐而来的阵阵微风夹杂着缕缕水的咸味，此时只需要静静地坐在沿河的长椅上，若是清晨，太阳还未升起时，泛着涟漪的水面就是心底的温柔，波光粼粼中藏着水对鱼儿的温柔，这温柔似水。

当天边的太阳要冒头之际，远方青黛还蒙着一层白白的纱，太阳缓缓露出头来，白纱渐渐消散，青山的面目从墨绿渐变成暗绿，蓝天被太阳染上了一层金光，由着这份温柔，无依无靠在空中游荡的白云着上新装变成彩霞。

若是晌午，温柔就是那抹热气腾腾，原先水面上蒙着的白纱早已消失不见了，也许雾也爱慕着天空，在太阳高挂之后就变得轻盈，缓缓向天空涌去，由气态化为液态，短暂地相拥之后，它便又融入水中，与天空遥遥相望。

黄昏的温柔，是橙红色的，在一片火烧云之间，是云与斜阳的碰撞，火花倾泻在一波水上，便有了"一道残阳铺水中，半江瑟瑟半江红"的绝美景致了。当到了傍晚时分，拂面而过的凉风是对水边树影婆娑的温柔，风温柔地、静悄悄地抚摸着树干、树枝、树叶，还有栖息在树上的鸟儿。在这份温柔里，万物好似都要沉睡于这份舒适惬意之中了，水边群山，山黛空蒙，月波流转，倒蘸波间。

温柔是"疏影横斜水清浅，暗香浮动月黄昏"，影儿稀疏，横斜于清浅之中，占尽无限风光，芬芳清幽，浮动于黄昏月光之下。温柔是从枝头飞落的寒雀想偷偷瞧上一眼盛放的梅花；温柔是蝴蝶心心念念着梅花的妍美，为着梅花的暗香独自销魂；温柔是我心生欢喜，低声吟诵，想独自在暗夜里与梅花亲近，仰首抚上梅花枝头，轻嗅那一缕幽香，淡淡的白色被夜中月光照得通透，我静静地陪伴着梅花入眠，不舍得让人打断我与梅花的约会。

一江烟水，倚照晴岚，一丛芰荷，一段秋光淡。喜欢着山水之间的温柔，这一举一动，一颦一笑，都是自然赋予山与水的温柔，滋润着天地万物，那隐匿于暮云秋影的温柔，是一眼难忘，一见钟情的守候，偶尔，静坐云边，偶尔，望一望远方青黛，朦胧白纱。

冬天里的父亲

日子淡了又淡，天空低了又低，冬日来了。

今年的冬天来得格外早，仿佛是急匆匆跟着夏天的步伐，直接跨过了秋天而来，它迫不及待地让这片土地上的人们感受着它的寒冷，铺天盖地的叶子终于熬不住寒冷的突袭，争相做了并不肥沃的土地的贡献者。提及冬天，骤雪初霁，而山河远阔，人间烟火，所有的关于以往的记忆仿佛也只是一刹那的事情。

有些主题，当你写下它的名字，就近乎要流泪了。

现在出现在眼前的父亲，是一个已经略微有啤酒肚，佝偻着背，眼白泛黄，带着笑意又欲言又止，已露出老头子初级形态的男人了，可突然又想起他也不过六十出头的花甲之年而已。

偶然记起许多年前远离家乡，去遥远的地方读书，也是在这样寒冷而清冽的冬天，那时候的火车站还是可以让家人送别的。火车在站台，父亲在窗外，我在车里，即便是快要分离，他无语，我亦无语。我和母亲在车厢里闲话家常，依依惜别，满是不舍。列车员开始催促送行者离开，母亲下车，我一直同母亲招手，余光看父亲，他一直没有挥手，就在火车快要离站的时候，父亲突然大跃步上了火车，他来到我面前，伸出手紧紧抓住我的手，泪水在眼眶中打转，几秒钟的颤抖后，他说："一定要好好的呀！"然后，父亲急转身快步下了火车，而我已泪流满面。冬天的风，像喇叭，"呜呜呜"，父亲裹紧了厚重的大衣，仿佛听见他喘着不均匀的粗气，看着他迈着并不坚定的步伐，消失在我的视野中。所有的怨恨与误解，在那一刻烟消云散。

距离那列火车开动的时刻，已经有十几年那样遥远。

我和父亲之间不再有裂痕，所有往事就像冬天的寒冷一般散去，云淡风轻，现在的父亲，温和而慈祥。

其实，父亲还是那个父亲，只是现在，我开始理解，一个曾经傲气的男人被时代折断脊梁的那份痛，命运无法预见地急转直下，困于胸臆难抒的惆怅，只能将所有的希望寄予他小小的孩子。但是，童年的乖戾、少年的孤傲、中年的荒唐哪是那么容易被抛下的？于是我们走向不同的极端，直到我稍稍长大，才终于和解。

很久以前，父亲参加了一个同事儿子的婚礼，回家后就郁郁寡欢，念叨着怕我娶不到相敬如宾的妻子，怕我娶妻后的日子不如意。看着这样的父亲，我突然就释然了，那个下雨天背我蹚过涨水的河去上学的父亲，那个给我买玩具、教我有担当的父亲，那个在聚会上怂恿我表演节目的父亲，那个总是嫌弃我什么都做不好的父亲，是真的老了。

回到老屋，抬头看去，一些雪躺在屋顶的灰瓦片上，这个冬天应该还有很久才会过去，正如一些偶然记起的陈年旧事和那个冬天里的父亲，在我的记忆里生根发芽，在每一个暗淡的夜晚，固执而又清晰地出现。

所以啊，希望岁月，忘了我的父亲，希望他的冬天，有艳阳打败寒冷，平安喜乐。希望有机会，还能靠于他的肩膀，听着他结实的胸膛里发出浑厚的心跳声，安然入睡。

忆我的父亲母亲

> 幸福的家庭，父母靠慈爱当家，孩子也是出于对父母的爱而顺从大人。
>
> ——培根

青丝长，系不住离人马，疏林远，留不住斜阳归。谈起父母，我们总有话说……

在我的印象中，父亲并不是一个慈祥的人，他不喜欢说话，不喜欢与我们交流，只有偶尔的家庭聚会上才会少有的话多与微笑，有时候我甚至都不觉得他是爱我们的。但是总是板着脸的父亲，会接送我们上下学，会在去外面应酬时带回很多零食，会在下雪天为我们送衣服，会在我的孩子生病时忙得焦头烂额……或许每一个父亲都会做这样的事，但于我而言，世界再大也只有一个他，他的肩膀是我小时候看世界的瞭望台，是他把我举过头顶看世界。

母亲啊，和所有的母亲一样，总是爱唠叨。只要母亲一整天在家，家里保准是安静不了的，可没了她的唠叨还真不行，父亲会忘记拿钱包，我们会忘记拿家庭作业，有时候她可爱的家人们，还会忘记吃饭。母亲无疑是可敬的，会修坏了的电器，会在夜深时给我们整理第二天用的东西，会在我们伤心时手忙脚乱地安慰。我的母亲一生都在乡下，没有文化，简单的买菜记账也不甚清楚，没有见过大城市的车水马龙，飞机只见过天上的影子，只有村前的那条小河，收藏着母亲用力搓洗的双手和对生活的期盼。

和父母亲接触最多的时光，便是小时候在农村的那一段日子，父亲说话时，没有抑扬顿挫和华丽辞藻，有的只是声色俱厉的责备和教训，母亲总是唯唯诺诺像是要讨好我们一般，那段时光啊，薄雾从山腰缓缓爬向山尖，阳光穿过雾气洒向大地，堆满谷物的院子，忙碌的父亲母亲，此起彼伏的炊烟直入天际，肆无忌惮，而那时的我，还不知生活的疲倦和无奈，只知在田野上追逐打闹。粗糙朴实的父亲，斤斤计较的母亲，用柴米油盐酱醋茶撑起了我们的家，即使岁月无情，他们不再年轻，可是朝阳依旧在梳理着他们岁月的霜鬓。

一直很羡慕父母亲的相处方式，从我记事起，他们很少吵架，父亲总是让着母亲，他也总是告诉我们不要惹母亲生气，要爱护母亲。母亲也爱美，喜欢穿高跟鞋，却总是脚疼，这时候，父亲总是横眉冷对地看着母亲，不说一句话，母亲只好悻悻地穿回"大妈鞋"，再瞪几眼父亲。我想，这或许就是父母间不易察觉的感情吧。

　　太阳透过榆树的并不浓密的叶子,把各式的光斑映射在地上,冬末春初的东风刮来了泥土和新生的味道,人生天地间,忽如远行客,世间的一切无非是十里长亭一杯酒,折下柳枝,依依挥手。当我也成了父母,双手拭过油污,掸过灰尘,我才明白他们的伟大并非只是一句辛苦。他们也曾有过诗和远方的期待,也曾经憧憬过未来,只是在漫长的时光里,日积月累的操心、买洗烧煮和我这个没出息的儿子把他们耗成了普通人。后来我跟随理想去了远方,而我的父亲母亲默默地走进了旧时光里。

　　降温了,起风了,愿他们的世界依旧阳光温柔,愿时光善待我的父亲母亲。

淋雨的中年人

清晨，成都繁华街头，雨滴落在高楼的窗，落在行人的伞，落在他的身体和手心。人生刚好过半，他已没有了少年时淋着雨走走停停，问天问地观远山的心性。

那时，他穿着破旧衣服，每天放了学，去喂牛、砍柴、做饭，关心粮食和蔬菜多于玩耍与结伴。偶尔读诗，他喜欢王维和杜甫，觉得李商隐是个贵族。无聊之时，喝口凉水念句诗，觉得自己像李白，剑阁峥嵘而崔嵬，他的家乡叫剑阁。川北的风吹向剑阁时，会带来剑阁的云，白云飘飘，天空蓝蓝，鸟飞枝头，鸟落枝头，枯树上的人儿，面朝云与天，呆呆地望，呆呆地唱，歌声和着风儿走过村庄的老街，消失在斑驳老墙的"镜子"里。"镜子"，是一片池塘，他有时羡慕池塘里的鱼，他十八岁的愿望是人间任他游。

考完高考，他收到大学录取通知书，专业是新闻。他的爸妈很高兴，杀了一头猪，请了一场戏。他记得那天父亲含着泪的眼睛以及向亲朋好友敬酒时满脸的期望和骄傲，每一杯酒都是一口饮下，他还没来得及劝，房子里就传来母亲和邻居聊天的啜泣声，他心头一颤，从没想过考上大学这件事，意味着那么多，多到他也受气氛感动，在人群里敬了一杯又一杯的酒，直到醉倒在恭喜间。

　　暑假，在热闹几天后，漫长而无聊，他习惯了一个人，孤独惯了，也懒得与人交际，大概这方面是懒惯了，所以，在偶尔找朋友玩之外，就是上地干活，下地做饭，然后看点乱七八糟的书。他不知道这些文字到底讲了什么，他只知道，书里描绘的国家都很发达，老百姓比其他国家的有钱。有钱，总是令人羡慕的，而越贫穷，对有钱人就越羡慕，直到盲目崇拜。比如，那个年代的中国，那个西部小村里的他。

　　开学总是在九月，他去上大学，从村庄到另一个村庄，山上的树还是夏天模样，日历却已翻过了初秋，离别的风景总让人认真又恐慌，不由变得沉默。大风吹来了，他要飘向远方。当车马到了第一个紧邻的乡时，一想到要离别，心头第一次被"他乡"这个词汇猛烈地冲击，他不知道，他或许预感到，以后岁月，还会有无数次的他乡，以及，无数次的自我安慰，此心安处是吾乡。

　　他来到了学校，住进了宿舍，和室友们一起吐槽厕所的简陋，一起体验远比农活轻松的军训。他很开心，无忧地笑着，像极了来学校后的第一个满月，干净又明亮，给人皎洁又静谧的光。而这轮满月又揪起他一丝的忧伤，因为，那是中秋的月亮。他早写了长信，算着日期，大概今天或明天能到。而此刻他的心情又不知何时可以邮寄到，哎，千里共婵娟，天大地大，但愿家乡的人真的能够读得懂。

匆匆流年，书信百封，字迹老旧，岁月留痕。他出了大学，找了份编辑的工作，两年后，组建了自己的家庭，又一年后儿子出生。至此，他觉得自己很幸福。

幸福的日子，他希望这样天长地久，说不清的人生却让人难以预测。有一天，健朗的双亲同时去世，他哭晕在以后会长起青草的坟。料理完双亲后事，过了几天，他儿子问他，为什么别的小朋友的父母都是骑大排量的摩托接，而你却是骑老式破旧的自行车呢？在那个物质逐渐丰富的年代，孩子的这一问仿佛扼杀了他很多的努力。突然间，他发现，新的 21 世纪这几年，是个打字说话只讲开心的年代，他想骂这是个庸俗的年代，人们不再似 20 世纪 90 年代那么追求深意。愤怒无奈的他回到家，拜托老婆做个下酒菜，他要喝点酒，酒入喉，竟怔怔发呆，以前他喝凉水都能觉得自己是李白，而现在，他只能是他自己，一个上有老下有小的中青年男人。他心里的诗，仿佛不在了，生活的棱角用疼痛告诉他：还不是为了钱！第二天，他离职了，去了一家广告公司，文学再见吧！

新公司，新气氛，他仿佛闻到办公室的空气里都有欲望的味道，这种味道让他不敢高声语，只想干活赚钱。他干得还好，写一些取悦大众的文字，有啥难的呢？好莱坞的剧本千篇一律，只要换几副皮囊，人们依然叫好，依然热泪盈眶。在新公司，他时常觉得自己是个愤怒中年，愤怒又无奈的中年。第二天的闹钟依然六点半响起，直到某天清晨，成都繁华街头，雨滴落在高楼的窗，落在行人的伞，落在他的身体和手心，他念起往昔今日。

一个关心粮食和蔬菜，也关心天气和书信的少年，变成一个一边赚钱一边愤怒的中年，这大概就是生命和时间的力量。命运从来不会告诉你生活的真相，因为，生活里没有永恒的真相。

望南风

五月的热风一吹，便知这春日已经到了尽头。

暮春同初夏交替时节的风，总是带着一丝最后的缱绻与阑珊的春意，并伴着微湿的热气，吹得人提不起劲儿来。柳树倒是飞掉了种絮，精神起来，"拂堤杨柳醉春烟"，一条条油光鲜嫩的细柳枝在风里舞着，袅娜翩跹，墙边道旁粉白的蔷薇和嫣红的芍药始开，这光景看着，倒也难分辨是春光还是夏景。

南方的气候不似北方四季分明，这里，春季和夏季常常是在暖昧不明中过度的。而在成都乃至四川大部，春日里是惆怅连绵的雨居多，即使立春过了，天空依旧是灰白泛青的苦色，还有那日日淅沥不净的雨水，仿佛冬天迁延着不去，春风迟迟不来。接着天骤晴了几日，春风赶着趟儿地将河湖、大地迅速吹了几遍，天便又冷了下去。直到拂过身子的风带了恼人的热，才惊觉，这吹的已是夏风了。

我习惯将这夏风叫作南风，因我的外婆就是这么唤它的。儿时，我同我的外婆，在乡下住过很长一段时间，我可以说是在乡野长大，这也让我的童年过得畅快恣意。

外婆的老屋后面有一片野山，在幼时的我眼里，那片山并不高，才七八岁的我常沿着细窄的泥路往上走，不多时就可以登到山半腰的一块缓坡上。那块缓坡是我们一群小皮娃娃们的根据地。缓坡四周有乡民们栽的一些果树，多是李树、橘树，还有一些野山枇杷。李子和橘子我们不敢摘，只摘那些野枇杷。印象里，山上的南风一吹，两人高的枇杷树上就会开始长些灰黄的小果了，果子从又厚又硬的枇杷叶底下冒出来，我们轻而易举地蹿到树上，摘些稍大的，往地下扔。

其实，那果子涩得很。

那山，再往上就爬得艰难些了，灌木草丛将泥路盖住了，还有巨大的老树虬枝盘曲，密密实实地掩住了天空，在白日里都森森的，再加上一些大人们口中野猪吃娃娃的骇人故事，我们这群孩子再皮，也不敢向上登了。

虽是半山腰，可是海拔稍高，风也是比山下的大很多。呜咽咆哮的南风掠过山脊，巨伞般张开扶疏枝叶的椴树也被吹得如伞骨折了一般，往山脊另一边伏倒，唯有那参天的铁杉岿然不动，如盖的叶子仿佛是被风抚着的兽毛一般，沙沙作响。

在这半山腰乏善可陈的游乐项目中，乘着风跑于我们来说也是一项乐此不疲的活动，衣衫被风吹得鼓起来，像只鼓起腮帮的大蛤蟆，我们也会像模像样地练起蛤蟆功。

想来，那时的我是不惧这如巨兽般咆哮的山风的，它们大抵都细成了外婆口中裹挟着热气送来夏天的南风。

待我十来岁的时候，便去了县上读书，等学习了一些地理知识后，才知道夏天吹的是从海洋上来的东南风。那得是多大的风，从海上起，扫过平原，千里迢迢，直到被这一群低低的山丘给绊住，回旋呼啸。

再大一些，我便往更远的地方去了，去了大城市上学，留在了成都。大城市有大城市的好，楼宇林立，交通便捷，那些看上去都快抵着天的高楼，好像也不比外婆屋后的野山矮多少。可这儿的风仿佛是刮在平地上一般，闷声不响的，掀不起那层层松林椴树的巨浪波涛。

这里，五月的南风也只是热了而已。

气人的是，孩童时不惧大风的我，现如今竟也怕哪天突然刮起的大风，我怕它吹得自己衣襟凌乱，无法得体地出入公司；我怕它吹折了爱人养的花草，白费一个春天；我也怕夜间的大风，穿过楼宇，从窗缝中漏进来，像呜呜泣诉的游魂。

就像孙犁在《楼居随笔》中写的风声，"春季，尤其厉害。我们的楼房，处在五条小马路的交叉点，风无论往哪个方向来，它总要迎战两个或三个风口的风力。加上楼房又高，距离又近，类似高山峡谷，大大增加了风的威力。其吼鸣之声，如惊涛骇浪，实在可怕，尤其是在夜晚。"

可是，我本是不惧风的。

去年，我回了趟老家，外婆的老屋还在，它夹在一排新楼里，显得孱弱可怜。而屋后的那群山竟比我记忆中的要高大得多，原来，那时的我轻松登到的半山腰已是很高处了。现在，四十来岁的我，可能也攀不动那泥石路，去瞻一瞻半山腰上松林层层的景致了。

如今，外婆已去世多年，我犹记得，一次屋外头大风狂嗥，风声钻进老旧的楼里，成了一种可怖的低咽哭泣声，我钻到外婆的怀里，外婆轻拍着我的身子，安抚我，乖孙儿，南风起得大些，不吓不吓。

外婆的怀里是温柔恬静的。

回　家

　　车站外面寒风阵阵，冷得很生硬。

　　人流涌动，毫无疑问，那些可怜而着急的车辆肯定被更可怜而着急的人们阻拦得东倒西歪，横七竖八！车站前的广场是凌乱的，但仍然被播放列车信息的广播有序地指挥着。

　　上车和下车的旅客们都是行色匆匆，淌着僵硬的汗水。依旧有人稳如泰山，那些年长的旅馆拉客人和年轻的出租车司机霸道地阻断人们的去路，千篇一律的吆喝，如出一辙的颤抖。但是谁会理会呢？只是躲过他们的阻拦，自赶自路。那些吆喝也不失落，或者失落成了习惯，也就不再失落，成为一种喧闹！

　　一个忙回家的车站，充满一种人为的温暖；一个忙送人回家的车站，包裹着一种自然的严寒，像一块冰冻过的煤，你以为它是煤，其实它坚硬如铁，寒冷胜冰。

　　我在年末便决定回家，孤身一人，或者，拖家带口更好一些。

　　年年过年，偶尔回家！我还是十分了解车站的情况，永无休止的拥挤，莫名其妙的慌乱；肩挑手提，拖儿带女！

　　我们一头冲进候车室，热气如潮。于是冷汗开始升温，然后沸腾，蒸起散发臭味的水蒸气，呛得半大的孩子哭喊不止。每个人都想拥有座位，或者一个，或者两个，或者自己一个，行李一个。我还算自觉，也不去寻坐，把报纸铺上，一家便安坐在上。为了不影响其他人，我在哭闹的孩子的屁股上拍了两巴掌，像拍一个泄气的皮球；孩子更加疲软地号叫，像一个破财的喇叭；我的女人则凶恶地冲我咆哮，像一只弥留的母猫。

　　有座位的人在吃方便面，或者玩手机、打牌、聊天；没有座位的人在吃方便面，或者玩手机、打牌、聊天。

　　啤酒被硬生生地拧开，倔强地放了一个充满二氧化碳的屁，饥饿的人咀嚼腥咸的红肠，用放完屁的啤酒送下，然后打一个充满蒜味的嗝，舒适而惬意。

　　我在等候检票的时候遇到了一件有趣的事，一个聋哑人向我走来，他说：

　　"可怜可怜我吧！我是个聋哑人，给我点施舍吧！"

　　我疑惑地看看他，摇头摆手！

　　"可怜可怜我吧！我真是个聋哑人啊！"

　　我疑惑地看看他，摇头！

　　"可怜可怜我吧，我真的很可怜！"然后对我点头竖拇指。

　　我疑惑地看看他！

　　"我很可怜！"加快了点头的频率。

我看看他，给了他十块钱，他也高兴地去了。

"他不是聋哑人，你被骗了！"

"是吗？"

"你被他骗了，你是傻子，白给人钱。"

"他真是个残疾人。"

"他不是，你被骗了。"

"他是一个手脚健全的残疾人。"

"你真傻。"

我的脸红了，说道："老子有钱，乐意给，怎样？"

检票员敲打着铁门，示意开始检票，于是长队如龙，安稳片刻的人群又开始骚动。月台上还是冷，候车室里储藏的热汗冰如铁甲；卧铺的，硬座的，站票的，都在月台上疾走。挂着十五号牌子的车厢其实是十四号车厢，有人便在慌乱中骂了娘。列车开玩笑鸣叫一声，于是慌乱更加慌乱。

所有人都上了列车，平稳的启动像一个嘲笑，嘲笑那些慌乱和拥挤的无知！无知就无知吧，总算开车了，我又开始热了。忽冷忽热，怎么回事呢？我想可能是病了吧，或者，应该是病了，还是，肯定是病了！

我和我的女人领着孩子奔上车厢，当然不会有一个座位属于我们。那些细皮嫩肉的学生们，花更少的钱，买到了座位！什么是互联网？我怎么会知道！他们坐得高高在上，也坐得理所当然。

在过道里，在接头处，到处都是臭气冲天，蓬头垢面。但那又怎么样呢！假如坐着的人站着，站着的人坐着，也同样是臭气冲天，蓬头垢面。其实，我们都一样可怜！

夜刷黑了车窗，人们也都各行其是。光头老者骄傲又叹息地说他那些我们想象不到的苦难经历；结伴而行的年轻人开始打牌、游戏，并且狂笑不止。方便面的味道也冲散开来。卖货的小车惊动了一个过道，安坐不久的人们纷纷起立让行。一个胡子拉碴的老头叫停了小车，问了一瓶鲜橙多的价钱，是五块。他便从油腻的口袋里掏出五块钱，买了下来，一口气喝得干干净净，轻松地扔掉瓶子。

两个外乡人望着灯光零星的窗外，正在用纯正的家乡话聊天。

"快到下一站了吧！"

"到了离家还是很远啊！"

"快了，过了下一站就快了！"

另一个人不接话，只是流利地数着途经的车站名！

窗外的黑暗激不起人们心中的波澜，于是在短暂的骚动后就各就各位，舒适或者不舒适地睡去。夜悄悄地深了，万籁俱静，只有这列如长龙般的火车还在逃遁。

微明，呼啸，疾驰，带着一群回家的人们！

时光的味道

在时光流逝间，
尝尽了时光的味道，
亦甜，亦无味，亦苦涩，
在时光的微尘里荡漾，
想着，念着，
一切的思绪都随之涌来。

时光的味道

　　岁月不居，时节如流。

　　时光从未停止脚步，她踏过山河，越过川流，流转在港湾里。时光的速度几经测量，没有结果，"天可补，海可填，南山可移。日月既往，不可复追"。时光易逝，容颜易老，任昱的《双调·沉醉东风·信笔》也叹岁月无情，"有待江山信美，无情岁月相催"。最是人间留不住，朱颜辞镜花辞树。

　　人们感慨着时光如水一去不返，眼看着时光滑过，却忘记去尝尝时光的味道。

　　时光的味道像是茶，像是用青梅煎成的茶。当茶叶遇见了沸水，淡淡地喝上一口，口腔内便充斥青梅的酸甜味，又略带苦涩，而时光恰恰是这味道，也是隐匿于这段时光的生活的味道。时光的甜味是治愈人心的良药，也许"时间治愈的是愿意自度的人"，那么甜味便是其中一剂不可或缺的药，自度，自我拯救本就不是一件容易的事,对于人生来说时光的味道赋予了超脱平凡的意义。

时光可以容忍人对现实问题的妥协,但是位于问题的对立面,你永远无法看清楚或是认识到你的不足或者是问题的根本,时光这时是无味的,时光的速度会被放得无限大,它悄悄溜走,你感受不到它的存在,内心却是极大的恐慌。

无味的时光难挨,而时光本身却是有味道的,但因着各种各样的原因,人总相信时光是一种解药,从而放任问题,随随便便,随遇而安,而时光终将会告诉我们的是时间并非解药,问题解决的根本还在于自己的成长,或许是一种经历后的自我释怀,或许是一种看破红尘后的洒脱与通透。

也许时光是舌尖上淡淡的咸味,几粒盐的滋味。时间过得很快,总有些磕磕碰碰。在一个充满心事的夜晚,时光就像是悬在额上的闹钟,每每当你要进入梦乡之际,细微且尖锐的响声便"滋"的一声惊醒梦中人,感觉好似有什么东西哽咽在喉咙,咽不下去,又吐不出来。想着、念着,也许是一件琐事,但有时候就像压死骆驼的最后一根稻草,就像击垮石块的最后一次浪花,成了心底的绊脚石,然而,过了一段时间后回过头想想,又觉得这些都是不值一提的小事。

时光如一捧碎瓷,落地有声,掌心有痕。时光的味道有时候还会是苦涩的,好比尝了一口苦瓜,从舌尖出发,延至咽喉去,再蠕动于肠胃,融化于心底,苦涩后的清爽又从心底流转,转至咽喉,再到口腔。所以即使是苦味,这段时光经过之后也是回味无穷。

在时光流逝间，尝尽时光的味道，亦甜，亦无味，亦苦涩，在时光的微尘里荡漾，想着，念着，一切的思绪都随之涌来，顿时，便觉着过往经历的种种也都是人生的境界。

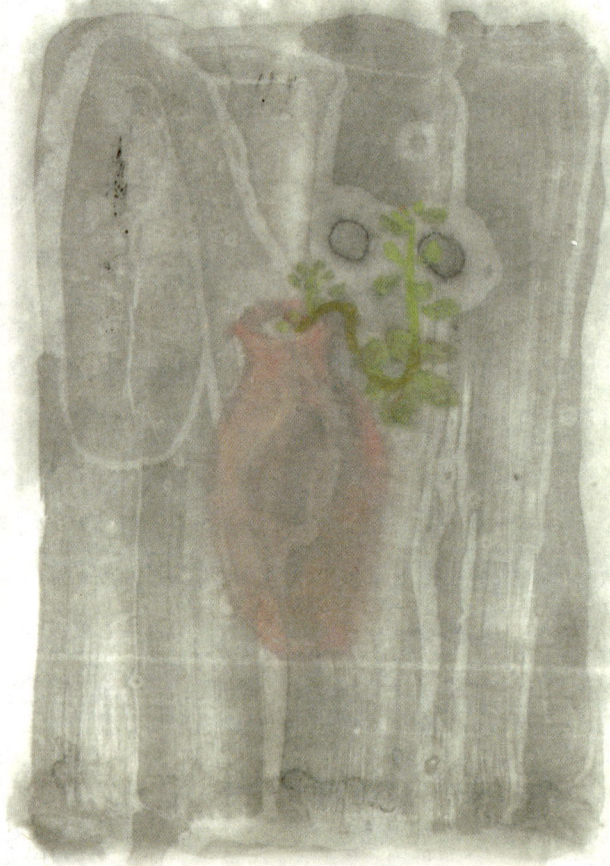

不过是年纪的增长

　　睡眠其实越来越浅了，第三次醒来，我老实地倚在窗边，开始抽烟，明灭的星火一闪一闪的，勾勒出我自己模糊的轮廓，外面一片漆黑，我也是近期才发现，黑夜的黑，真的可以黑到伸手不见五指。

　　四十多岁了——我吐出一个烟圈，或许是从肺里滚过的原因，尼古丁让人非常清醒——我是大众定义里面的中年人，写写几篇文章，算不上什么伟人、诗人，顶多就是文人，源自热爱，整理自己的所思所想，希望总有人可以喜欢我的文字，在成都这个慢节奏的城市里，思想成片成片地打开，慵懒随意也成片成片地侵袭。

　　抖落半截烟灰，你会发现，年轻时候执着于寻求结果，执着于追求纯粹，执着于赚得盆满钵满，走到现在，结果有时候并不重要了。年少轻狂的时候，总有一个憧憬热爱的女神，感觉为了她什么都豁得出去，物质、真心，任何你拥有的，都想倾注在她身上，博红颜一笑，就是你最大的快乐。热情在年轻时候挥洒得淋漓尽致，后来就渐渐明白，热烈喜欢一个人是很勇敢的，而年龄越来越大，就有了越来越多的顾虑。我对年少的自己充满敬畏，步入中年，勇气或许没仅存多少，可成熟也是无价之宝。

在黑夜里，想法会发散，就像许多年轻人经常说的 emo 一词，会纠结、会思考、会痛苦，焦虑就是这么来的，现在年纪大了，emo 一词完全不能用在自己身上，因为从现实方向思考，能睡得好就是莫大的恩赐——夜晚是用来想开的，不是用来焦虑的。

起身去客厅倒一杯水喝，夏天的晚上适合到处活动，不像冬天，窝在被子里面舒适，仿佛外面全是刀光剑影，一不小心就被寒冷伤个体无完肤。人是奇怪的生物，在夏天怀念冬天的寒冷，在冬天想念夏天的炎热，这样似乎就能有所期待。说到期待，现在已经不会把希望寄托在任何人的身上，毕竟有所期待，就会有所要求，而任何人都没有必要完成你的要求，所以，现在的期待只给自己，期待自己文字更简练，期待自己想法更深刻，期待自己的生活可以有惊喜，这些期待的反馈，或许比你对别人的期待，来得更直观也更正向。

以我的年纪，已经到了可以对年轻人说一句我是过来人的时候了。年纪在这里，给人的感觉就是，哎呀，四十多岁的沧桑大叔！其实大叔是肯定的词汇，沧桑就不好说了，因为我也只是比年轻人多思考、多经历过一些生活琐事，明确了我自己的目标，比一些莽撞的人多了几分沉稳而已。生活其实没有多复杂，因为

大多数人都只处在生存境界。生存的要点不外乎那几点追求，年轻时追一追，也不算什么，只要你到了我这个年纪，还能继续就是成功了。年纪的增长，不过是告诉你，在人生这条路上，走了多久、看透了多久。现在是否明白了人生的意义？不明白，就继续，反正不过一个老死而已。

故乡记忆——广元凉面

中国传统文化中，故乡的食物和乡愁似乎总是有着天然的联系。《晋书·张翰传》中有"莼鲈之思"的典故，梁实秋在《雅舍谈吃》中说"偶因怀乡，谈美味以寄兴"，汪曾祺在《故乡的食物》中借故乡的美食，来表达对故土思念和对童年往事的追忆。

对故乡美食的描写总是氤氲着怀旧忆往的气氛，辐射出一片回不去的故园风情。我也一样，我的乡愁也几乎百分百停留在味蕾记忆上的。

远离故乡的时候，心中的愁绪愈加浓郁，腹中也觉得甚是空荡，倍加思念家乡的美食。在我心中排第一的家乡美食就是凉面，此处特指广元凉面，因为其他地方的凉面与我家乡的，口味完全不同。

广元凉面与其他面食最不相同的地方，是它并不是由小麦磨粉之后制作而成，而是由精选的上等本地大米，混合嘉陵江水或

者山泉水打浆之后制作而成。制作凉面的大米和制作米饭的大米略有不同，必须精选上等的隔年大米。隔年的大米经受春季滋润、夏气烘烤、秋季收敛和冬气蕴藏之后，质地与韧性大大提升，这样的米做出来的凉面口感软糯顺滑。起画龙点睛作用的，是上等的佐料——辣椒油。凉面拌好后有酸、甜、麻、辣、香五味，传闻凉面还受到了武则天的喜爱，故以女皇蒸凉面之名传世。

在广元时，凉面是我早饭的至上之选，只要有凉面，我对其他的早餐都是不屑一顾的。早上吃一碗凉面，滑顺爽口，清凉宜人，叫人欲罢不能。一段时间，我把凉面当成一日三餐来吃，只因其太过美味，早上吃一碗凉面早点，中午坐在店里配着稀饭慢慢吃，半夜饿了再去吃一碗夜宵凉面。没有在广元生活的人可能会认为，我这种一日三餐吃凉面的行为是不是太过于异类。但其实，广元人对于凉面的喜欢真的是难以用语言形容，把凉面当作一日三餐的人不在少数。

　　离开了广元，想吃一碗地道的广元凉面，简直比登天还难。外地也有特色凉面，也有挂着广元凉面招牌的店面，但食之却与记忆中的口味完全不同，很难让我满意，颇有一种"曾经沧海难为水，除却巫山不是云"的感觉。每到这时候，我就愈发想念家乡凉面，愈发想念和亲友一起吃凉面、聊天打闹的场景。

　　某种意义上来说，"凉面不出剑门关"，让我在外地的思乡之情更显绵长。慢慢地，我对家乡的思念都寄托在凉面上了。他乡遇故知，我们一起畅聊家乡凉面。午夜梦回，也是去吃凉面的经历。于是，凉面成了我回乡后必吃且置于第一位的美食。真是让人感觉我不应该叫广元人，而应该叫"凉面人"。

记广元曾家山

"天地精气神，广元曾家山！"若你来这曾家山走一走，也必然会发出这一声赞叹。

曾家山位于秦巴南麓，川陕接合处，得天独厚的地理环境造就了它的奇绝景致，茂林葱郁，层峦叠嶂，云雾渺渺，天地茫茫，真仙境也。

我感受过江南人家的小桥流水，到过广袤无边的内蒙古草原，也踏过白浪层层的北方河滩，我喜欢这自然之趣，可以让久居樊笼的自己远离都市的喧嚣，暂归自然。

可当我进入这曾家山，才真正明白，什么是自然之趣，什么是无忧之地。

在一片翠绿环抱中，状如竹笋的石峰破土而出，高耸入云。这平地而起的石峰，像一个个巨人一般，体态壮硕，气势昂扬。石壁在风雨洗礼下，粗粝不平。仔细看那陡峭的石壁上，攀着一些绿色的矮木，有些簇拥在一起，热热闹闹，也有些孤独地竖在峰顶上，却昂着枝丫，不惧风雨，就像是站在巨人肩头无知无畏的少年。

自然的鬼斧神工，造就了这些石笋峰，也是自然的雨露春风，孕育了不息的生命，强大且温柔，我怎能不爱这自然之美、自然之趣？

随山万转，逐级而下，便进入有名的川洞庵。巨大的石洞，静静地藏在这群山环绕的万木丛中，亿万年的时间里，它与大地山峦共同呼吸。

置身其中，岩洞顶上露水滴答落下，远远的虫鸣随着风吹来，风拂过耳旁，我仿佛听见大地深沉而又缓慢的脉搏跳动声，这是自然之声，响了亿万年，从未止歇。

此刻正是中午时分，阳光从顶上洒落，直直地照向地面，晨间升起的薄雾被光打散，晶莹之光，隐隐可见。

往里走，经过会仙桥，来到一个平坦的大岩洞，里面有好些石凳，旁边指示牌上写着苏维埃会场遗址。据记载，在1933年，国内战争形势严峻时，红军进入曾家山地区，而川洞庵，因其地势险要，环境隐秘，给我党创造了绝佳的秘密会议场地。

谁曾想到如今这以自然景致闻名的川洞庵，还曾见证了中国历史的进程。在那个黑暗的时期，革命的信念，就像这洞顶投下的光一般，刺破陈旧古老的旧中国的黑暗，迎来新生的希望。

这是自然之力，亿万年间，见证着时代更迭，不动声色，却从不吝啬，给我们风，给我们雨，给我们水，给我们光。

　　我站在洞口，望向那暗处的老旧石凳，想象着当年开会的场景，沉沉的烛火，映在洞壁上，每个人脸上应该是闪着坚定的光，外面白色恐怖，这里却燃着星星之火。

　　踏出这石洞，依旧是群山环绕，蓝天白云，鸟鸣花香，一片生机。回望那石洞深处，光影斑驳，悄然无声，恍如隔世。

　　我渴望自由，远离尘嚣，盼着岁月静好，喜乐无忧，却未曾想过我可以拥有这些，都是在那动荡年代里，那些心怀家国、心怀革命信念的先辈用生命换来的。

　　初入曾家山，我也曾感叹，若世间真有乐土，那这便是乐土，若世间真有桃源，那这便是桃源。世间乐土，世外桃源，无忧之地，曾家山无愧于这些称呼，我可以恣意纵情其中，感受自然之美、自然之趣。

　　自然永远都在，而我有幸能享受它的美，享受当下这和平年代的红尘净土，皆离不开在幽暗岁月里负重前行的人们。

　　我爱自然，亦爱这可爱人间。

　　自然万物，人事更迭，但远山长，云山乱，晓山青。

剑门关

"剑阁峥嵘而崔嵬，一夫当关，万夫莫开。"在中国古代著名的关隘中，剑门关是足以跻身第一流的名关，且自古以来就有"剑门天下险"的说法。

剑门关，位于四川省广元市剑阁县。剑门山中断处，两旁断崖峭壁，直入云霄，峰峦倚天似剑。正对剑门关仰望，眼前是两片巨大的断崖对峙，绝壁万仞，看上去就像是两座巨大的城墙。两座山崖之间是一道裂隙，就像一线天。构成山体的是非常厚的砾岩，在日光下砾岩闪动着红色光芒。"其山削壁中断，两崖相嵌，如门之劈，如剑之植，故又名剑门山"，古人把这一带称为"大剑山"，可以说非常准确。

剑门关是入蜀咽喉、军事重镇，连绵起伏、高耸险峻的剑门山，既阻隔了蜀地和外界的联系，也成了保护蜀地的一道天然屏障。剑门山以南就是沃野千里的成都平原，而从北边到成都平原，只有穿过剑门关一条路。守住了剑门关，就等于守住了整个成都平原。因此，剑门关自古是兵家必争之地，战事频频！早在三国时，蜀汉丞相诸葛亮于大剑山峭壁中断两崖相峙处"修阁道、立剑门、置阁尉、设戍守"，从那时起剑门关就成为军事要隘。

如今剑门关成了景区，修了许多保护设施。对于剑门关之险，若想体验一二，那必定不能错过鸟道和猿猱道。鸟道和猿猱道是景区开发的"蜀道难"探险体验道路。

鸟道依山傍势，是栈道的一种，凌空耸着水泥做成的支柱，用铁链连接固定在绝壁上。长长的鸟道在青山间盘旋延伸，就像一条长龙翻滚游戏在峭壁悬崖之间。绵延宛转的盘山鸟道，在险峻陡峭的大山石壁上，刻出一道妩媚的曲线。鸟道道路狭窄，如果不是有栅栏铁索的提醒，乍一望去，恐怕看不到道路的存在。这时候猛然想到，古人可是在安全措施缺乏的环境下徒步通过，眼前是崇山峻岭、羊肠险道，而后方是天府之国的美景与佳酿，不由让人心生无限感慨。

猿猱道的难度系数比鸟道还高，特别是猿猱道有一段没有铁索和安全栏的路。全长四百四十米，最高落差达五百米，最宽处三十厘米，最窄处仅十五厘米，只能一人通过。游客攀爬猿猱道需要佩戴安全帽，系上安全带，在景区工作人员的带领下进行。左边是坚硬的石壁，右边是百余米高的悬崖，而脚下的路不足三十厘米宽，走在这样雄、奇、险、峻的猿猱道上，虽然不再有兵戎相见、狼烟四起的情景，但山风在耳旁呼啦啦地吹，即使是年富力强的小伙子，也是战战兢兢，步步惊心。不由让人想起诗仙李白所说："蜀道难，难于上青天。"

  游历剑门关，体会蜀道，就会对古人出蜀、入蜀之难有深刻的领会。去过剑门关，再拜读李白的《蜀道难》，一定是一次更加生动的体验。

记忆里台北的夜市和高雄的海

提起台湾，我大概会想到令人心碎的台北、海波连天的高雄，从北到南，整个台湾西海岸的上空有着天的透明和偶尔飘落的鸟的羽毛。

盛夏傍晚，废弃的旧铁轨旁，蝉声掠过微风吹起的耳畔，星星变得清晰而不耀眼，而良辰里的弯月和淡淡墨色的微云，把灯光和自然融为一体。小吃摊上的行人来来往往，每个人都有着良善的脸，单纯的眼睛把世故反映得那么简单。在这里，在台北的游玩处，温柔明朗的光景把店铺的热气变得像人舒展柔和的思绪，人群里的言语杂乱无章地起起伏伏，而所有的安静却都来得恰到好处，如梦如幻。每个人的味蕾似乎都品到了生活给予的微甜，时间流淌到这里，积了一个小水潭，离开的人们会流连忘返，身处其中的人们不愿意回忆或展望。有个女生正在与兰州的朋友视频，互相问好，述说彼此当下感受。兰州那里，烧烤和面条，民谣与杨树，朴素的人们喝着啤酒，旁边便是黄河静静地流淌。她俩在不同的天气里聊着黄昏同一轮月，台湾女生想知道离大海很远的兰州是否会有海里的鱼。兰州女孩说："这里有青海湖的鱼。"接着她描述灌木荒在戈壁滩，沙漠之上会见狼烟，也会见烟花。老鹰结对飞过云彩很少的天空，这里的天空，时常蔚蓝如洗。祁连的高山在不久后就会雪盈满天，大山里下过四五场雪后，兰州开始有枯叶，而当最后一片叶子变黄，黄河岸边就会打起霜。"然后，就是千树万树梨花开。"台湾女生补充道。"是的，不过台湾很难看到雪，就像兰州很难有一周连绵不断的雨。"兰州女孩说道。

是这样的，台北的冬天，行人还在湿路上打伞，而塞北的人们却在雪里期望着来年的好收成。祖国的山河多彩缤纷，万壑千岩，一川连着一川，大江大河，结一个弯又绕十八弯。台湾人的祖先来自祖国的山川湖海，留于台南台北，身上流淌着不变的华夏血脉。

至此，已足矣。

都江堰，历史和人文的对话

一直喜山川的鬼斧神工、偶然天成，一直爱河流的蜿蜒曲折、源远流长，不过这一切都是天地的馈赠、自然的给予。幼时听闻黄河泛滥，大禹治水，三过家门而不入。华夏文明五千年，水患却也伴了几千年了。早就听闻，都江堰得天地之造化，感人文之传承，两千多年来一直发挥着防洪灌溉的作用，使成都平原成为水旱从人、沃野千里的"天府之国"，得天独厚，育养川人。都江堰是全世界迄今为止，年代最久、唯一留存、以无坝引水为特征的宏大水利工程，凝聚着中国古代劳动人民的勤劳、勇敢、智慧。

总算是偷得浮生半日闲，驱车赶往都江堰，一路上风景秀丽，心情大好。诗人山春曾在《灌阳竹枝词》中写道："都江堰水沃西川，人到开时涌岸边。"诗人运用巧妙的语言让我们见识了想象中神奇的都江堰。如今可以驻足观赏，心里不觉愉悦了几分。

初入都江堰，湖边柳树随风摇摆、婀娜多姿、千姿百态，不禁想起古人形容美人的"夜云何柳皆失色，湖光山色尽折腰"，如今用来形容美景，也算相得益彰。漫步在栏杆旁，才发现栏杆上的雕刻无可挑剔、栩栩如生。凤穿牡丹，雍容华贵；金龙出云，十分有立体感；雏菊初开，含苞待放。

再往前走，便是著名的玉澜索桥了。索桥用铁索绑在半山腰，犹如一只风铃挂在半空中，只有游丝一线牵着。光是远远地驻足望着，便已不寒而栗、胆战心惊。索桥上的木板虽结实，却也稀稀疏疏。走在桥上，听着下面江流的声响，别有一番韵味。江流不息，一些小小的波浪，让原本十分静谧的都江堰，又多了几分独特的美。

再继续往上走，忽见翠月湖，翠月湖又被称为"蜀中小西湖"。

游人无不感慨这奇妙的湖光。她的美是无法用语言来形容的。这里景色宜人，风光秀丽，水尤清澈，闪亮如钻石；水尤洁净，如同明镜；与天地共色，感造物之神奇。如此美丽的湖，似天宫瑶池从天而降。否则怎么会有一股"此景只应天上有，人间能得几回观"的独特魅力，真乃仙境！

走到观望台上，都江堰的大半景色映入眼帘。都江堰宏伟的水利工程让人惊叹，感慨不已。江水平静而轻缓地流去，郁郁葱葱的森林似绿海一般，呼吸着清新的空气，全身毛孔都贪婪了许多。

玉澜索桥，翠月湖，让本就古色古香的都江堰更加具有魅力。

终于为了一身川楚烟雨赴了韶华，荣华谢后，又是一代人才辈出，千年前的河道治理已然是天人合一，未来的水利发展更会日新月异，造福华夏大地。

游人民公园

　　那日心血来潮，便想着去人民公园逛一逛，现在去人民公园不单单是老年人爱干的事情了，很多年轻人也将目光放在了人民公园。

　　我骑上自己的单车，穿行在车流中，路过几个十字路口，再经过西御长街，就看到滚滚车流中的公园大门。

　　园子中的翠柳不甘寂寞，从墙角探出头来，好奇地观赏着公园外的世界。走进公园大门，迎面扑来满是绿叶红花的清新之气，再定睛一看，园中层层叠叠的绿色，如同碧波一样汹涌而来。石板路像一条条游动的鱼儿穿行在波涛中。

　　徜徉在碧波中，看着园中的亭台，才感觉到成都历史文化的厚重。苍翠挺拔的树木，像是成都人民那伟岸的身姿。在那一瞬间，我仿佛看到自己行走在抗战的热血人群中，他们目光坚毅地为民族独立自强抗争着。

城市中的人民公园不只给人们留下一角清净锻炼的地方，也是为了缅怀历史。

园中三三两两的人结伴而游，有鹤发的老者，也有欢快的稚子，更有穿着汉服拿着团扇游走在花丛中的少女。他们像是蝴蝶一般给这园子带来了生机。

明媚的阳光里，红的花、白的花、黄的花都盛开着，它们如同园子中的舞者，在微风中轻舞着。再拐一个弯，视野开阔起来，形态各样的假山石映入眼帘，它们如同那悬崖上的松，有着遗世而独立的气质，但见水流从中潺潺而出，松针落在水面上，打出一圈圈涟漪，给这园子再加上了一层韵味。

不需要人引导，只跟着小石板路，走到卖茶水的店子前，里面斟茶的师傅们笑意盈盈地看向行走的人们。还不待走近那店子，便有茶水的香味盈鼻，清香的味道沁人心脾。脚步不受控制般走了进去，要了一壶茶，那斟茶的师傅，立马给你斟上一杯，喝上一口，立时将心中所有的烦恼一扫而空。

如果时间足够，还可以去旁边的店子买上一包瓜子，在这幽静的美景中一边喝茶一边嗑瓜子，消磨时光也是一件佳事。

一杯茶水下肚，整个人都轻松愉悦了起来。我有时间，便在这茶社里多待了一阵，看着游人呼朋引伴，看着父母教导稚子，看着拿相机的摄影师寻找拍照的角度，一切都是那么的和谐而温馨。

风景秀丽的人民公园是成都的缩影，也是成都自成一派的人文景观，更是成都人民的精神港湾。

莽莽绿原若尔盖

　　若尔盖草原，在青藏高原的东北，距离成都的距离在整个中国的庞大版图上看并不遥远，似乎只需要一个点头的瞬间，就可以坐着小车来到这片草原之上。

　　然而现实并非地图，地图上一指的距离，也会有高山峻岭、沧海桑田。虽然同属四川，但是从成都前往若尔盖的路途并不简单，一路坎坷，好像是在告诉我们这些久居城市丧失野性的庸人："想看到我的真貌，必须要经历应有的历练。"但是经历的坎坷是值得的，若尔盖草原的美景，若尔盖草原上发生过的故事，都值得我们来上一遭，去呼吸那里的空气，感受那里留下来的历史的倩影。

　　入眼即是绿色与蓝色，草原如同柔软的绿棉花延展在广阔的大地上。这绿色，绿得汪洋恣意，绿得辽阔敞亮；这蓝色，蓝得心如明镜，蓝得慷慨激昂。虽然这里的蓝蓝绿绿是那么的广阔，但并非无垠，在目力勉强能及的遥远的地方，有莽莽群山，载着凝结千年的冰雪伫立，告诉我们，这里离着青藏高原已经不远，那万河发源之地对于立在此处的我们已经是可望亦可及。

若尔盖也有着不同的面孔，每一张面孔都令人感慨不已。在若尔盖大草原上，有时天高气朗，天空是纯净的蓝，映得水面也澄明如镜，不由生出天地浩大，人的身影是如此孑然而渺小，呼吸吐纳之间，全然忘却俗世烦恼的感受。有时冷风阵阵，挟裹着高原雪域的冰凉彻骨，天空也被滚滚云涛所遮蔽，站在海拔3000米之上的高原，又有向下压迫着的灰白云雾，草原的绿也显得不那么鲜艳纯粹了，更显得苍茫，不禁想起陈子昂的"念天地之悠悠，独怆然而涕下"，徐浑的"溪云初起日沉阁，山雨欲来风满楼"，但是这里没有北方的幽州台、咸阳楼，只有起伏的地层之上莽莽的绿原。

位于万河发源地之下，若尔盖的土地上活跃着初生的长江与黄河，此时的她们，虽然也有自己的威力，但不及中游、下游的浑浊与凶猛，安闲宁静地盈在此处的绿原土地之间，将若尔盖全县划分为两个截然不同的地理区域。若尔盖的名景，当属"九曲黄河第一弯"，黄河从远处而来，与从唐克小镇那边流淌而来的白河，两相汇聚，并在此处转弯，据说天下黄河九十九道弯，第一个弯就在若尔盖，汇入的白河之水，为往后奔涌得更加壮阔的黄河蓄势。

辽阔与静谧，遥远与亲和，看起来矛盾的特质汇集在若尔盖，高原之上。冰川融水与雨水汇集成的河流在草原上流淌，纵使外有十万大山横阻，也能滋养着生活在这里的生物，让它们在这里享受安宁。这是若尔盖的力量，这是蓬勃的生命的力量。

狭长的白色道路建筑在绿色的草原与湿地之间，这是人力的痕迹，人力的痕迹在自然的造化之中，显得是如此渺小，却又是如此坚定地嵌入其中、融入其中，那纵横的供人行走游览的道路就是几何线条，在草原上极富形态之美。这渺小的人力筑成的通道，让我不禁想起若尔盖的历史，若尔盖是人间净土，若尔盖的历史与文化是令人沉醉的美酒。

若尔盖地区人烟稀少、土地广阔，追溯若尔盖地区的历史，我们可以发现它在先秦时期属于西戎，汉朝时期归入中央王朝，此后变化不断，直到唐贞观九年，当时控制若尔盖的鲜卑人归附大唐，才又在此处建置管辖，此后从贞观十二年到五代十国时期，若尔盖又被吐蕃占据，自宋以后又归入中央王朝。1956 年 7 月正式设立若尔盖县，隶属于阿坝藏族羌族自治州。若尔盖在历史上属于边境之地，它的归属虽有变化，但是天空依旧、草原依旧、牛羊依旧，聚居在这里的人们也大都保持着淳朴的生活，他们有着虔诚的信仰、努力的双手，他们在严酷的高原环境里放牧牛羊、遍植青稞，让若尔盖除了自然的美景之外，也拥有着人文的美景。若尔盖大草原坐拥钟灵毓秀的美景，又拥有着绵延的历史，但是其中我最想说的，是那一段在整个世界范围内都惊心动魄的长征历史。

美国作家史沫特莱在她的《伟大的道路》一书中曾对过草地时的景象进行描述："大草地……一望无垠，广袤达数百英里，全是没有路的沼泽地带，走了一天又一天，极目四顾，红军所看到的，除了无边无际的野草外，没有别的东西，而野草下面则是浑水深达数英尺的沼泽，死草堆上又长出了大片野草，谁也说不上是不是几百年来就如此。"

1935 年 8 月 21 日，红军开始过草地，这一支军队在极端恶劣的环境下，胸怀着革命理想，以巨大的精神力量战胜了恶劣的自然环境，最终穿过草地，朝着陕北前行。这一路上，红军部队损失惨重，太多的将士牺牲、失踪。他们面对的草原，是莽莽荒野，是生命的禁区，暗藏着无数不可知晓的危机。

那时的若尔盖，没有如今横在草原水泽之间的道路，没有奔走于几地之间的货车运输货物。那是一片真正的莽莽荒原，多草多水，缺少食物，高原荒寒，寒风呼啸。如今的我们可以行走在有着玻璃顶、木板地，既能遮风挡雨又能畅行无阻的栈道上，而那时的红军战士却要冒着风霜严寒，带着有限的粮食，用冻僵的四肢在茂盛的野草中、在水泽的泥泞中前行，如果遇到沼泽，一不小心还会深陷其中无法逃脱。冒着生命的危险，他们踏上一条漫长的道路，很多战士在这个过程中牺牲，很多战士在这条道路上与部队失散。

我想象着革命先辈在这莽莽草原上前行的模样，他们前进时的队伍远远看去，可能比现在掩藏在草原间的栈道还要细，但即使是这样，他们却凭着强大的意志力，穿越了这片生命禁地，抵达胜利彼岸。

忆往昔，峥嵘岁月稠，看如今，曾经充满危险的若尔盖草原因为长征的胜利、新中国的建立，以及中国共产党的领导，成了人能够轻易踏足的名胜之地。九十年前红军艰难前行的身影消失无踪，但是他们的精神力量却被铭记在历史上，凝聚在若尔盖的气息里。我面对这莽莽草原，不禁潸然泪下。

那时坚定的信念，已经成为现实，而红军战士们的精神永存心间。看看现在的若尔盖吧——

随着时代的发展，若尔盖地区开发旅游资源，用其独特的文化、精神与美景，吸引着四面八方的人前来拜访。这些旅人的到来又促进了当地经济的发展，与此同时，若尔盖也在努力奔跑。基础设施建设、一二三产业突飞猛进，文化教育、生态环境事业蓬勃发展。回首过去，展望将来，若尔盖必将迎来更加美好的未来，让美好的自然风光、生态环境与不断变好的经济条件并存，让红军的长征精神与高原上的历史文化推广到更遥远的地方，让更多的人铭记。

2023年8月14日，若尔盖黄河大草原文化旅游节开幕，这是一次盛会，众多杰出人士汇集在若尔盖，他们会领略到若尔盖的美丽与壮阔，相信他们也会将若尔盖的美丽传播给更多的人。

站在若尔盖大草原之上，能够感受到高原的冷风、怡人的空气，风吹草海，起伏如波涛。远古时候就存在的若尔盖草原啊，它曾是生命的禁地，但是在那么多人的努力之下，它将站在我们视线的中心，将它浩大苍茫的景色与深蕴其中的文化精神推向更广大的地方。听，雪山的风雪呼啸，黄河与长江的流水潺潺，居民虔诚地诵经，牛羊欢快的叫声……现代化的设施与建筑在不破坏若尔盖自然生态的条件下筑起，为这莽莽绿原注入新的生机与活力。红军战士们过草地的艰难身影犹时时出现在我们的脑海中，长征的精神融入我们的心田。在这盛大的节日里，拿出这股力量来吧，让一切都变得更加美好，让这莽莽的绿原汇入时代的浪潮，成为那别致又引人注目的风景。若诗若画的若尔盖，已经整装待发，跟随着党的领导，回应着时代的召唤。

剑门关游记

少小离家老大回，乡音无改鬓毛衰。

离乡别家，数十寒暑。年齿渐长，阅事渐多，但我心之归处仍是那片名唤故乡的净土。每与人言及总不免唏嘘，每思及回乡只怕比贺知章更添情却。

一日，终于难抑思念，我兴冲冲地背起行囊，趁春光踏上归程。怕前路拥堵，我在当日就住进了广元的剑门关景区。夜来风雨，山里的雨很大气，电闪雷鸣后就爽利地落了下来。终夜听见树海涛声与雨声相搏，声势很是震动人心。

晨起时，雨已停。不知是否脚踏故土，心有所安，虽然一夜浅眠，我依然精神抖擞地出发了。从南门到关楼，一路较为平坦，走走停停半程，即到剑门关楼。

关楼修建于大小剑山中断处，因山峰壁立千仞，形状似剑，峭壁对峙如门，故名"剑门"。剑门关，以雄、险、幽、秀、奇著称，享"天下雄关""天下第一关""蜀之门户"之美誉。正如李白《蜀道难》所形容"剑阁峥嵘而崔嵬，一夫当关，万夫莫开"，故有"北有山海关，南有剑门关"之赞。关楼两旁山脉绵延百里，恰似铜墙铁壁的城郭，又如排山倒海的巨浪，更像盘踞山野的巨兽，令人望而生畏。

剑门关、剑阁是关楼在不同时期的称谓。早在三国时，诸葛亮在此垒石以为屏障，扼守蜀道咽喉要冲，始称"剑阁"。著名的诸葛亮六出祁山、姜维十一次北伐中原，都曾经此地。袁宏《汉纪论》中记载："亮好治官府、次舍、桥梁、道路。"《典略》记："诸葛亮相蜀，起馆舍，筑亭障，从成都至白水关，四百余区。"为北伐中原、匡复汉室，诸葛亮呕心沥血，在这里修整栈道、筑剑门关、设关隘屯兵，以期进可北击中原，退可自守蜀汉。公元263年，魏国大军伐蜀，姜维将仅剩的兵力全部收缩至剑门关内，凭险死守，拒敌于关外长达三月之久。这是历史上凭借地利以少胜多、以弱胜强的著名战例。若历史定格于此，可能后世会大赞诸葛亮的先见之明。

然而，正如西晋张载《剑阁铭》中所言："兴实在德，险亦难恃。"国家的兴衰存亡，归根结底取决于施政仁德。蜀国国君刘禅的败亡，恐怕是诸葛亮、姜维也难以逆转的结局。由此可见，执政者的贤明仁德、国家的强大繁荣远远重于山河形势的永固。一千多年来，能看破此"关"者寥寥可数，剑门关楼屡屡毁于战火，见证着烽火硝烟、江山易主的朝代更迭。

现如今所见的关楼，已非历史上剑门关之所在，而是2009

年重建的仿明代建筑。

从南侧缓坡登上关楼，风景一览无余。雄关漫道，豪气澎湃，一时间我竟生出错觉，耳畔依稀听得鼓角争鸣。关楼上，精美的浮雕栩栩如生，或镌刻历史，或雕刻肖像。从秦将司马错开道破蜀，到蜀将姜维守关抵御钟会。又如霍峻、张飞、李隆基、李白、杜甫、陆游、黄裳、徐向前等，这些历史中赫赫有名的人物都为剑门关的沧桑风云书写了浓墨重彩的一笔。

从关楼而出，行至远处，再回望。我惊奇地发现关楼西侧的峭壁上，矗立着一块宛若人脸的天然石像，当地人称为姜维神像。传说这是姜维死后英魂不灭，心有不甘，化作石像固守在剑阁，继续护佑着蜀汉故土。就像诸葛亮与武侯祠之于成都的意义，姜维与剑阁同广元也缔结了不解之缘。无论是关楼还是传说，无不体现巴蜀大地的人们对姜维的崇敬与悼念之情。

一路进山，石板铺就的山道蜿蜒而上。山中林木葱葱，峡谷溪流淙淙，风景旖旎，缓步而行很是惬意。此时不是丰水期，河床中袒露的巨石在料峭春风吹拂下略显萧瑟。沿路跋涉到了绝壁廊，一线天已然在望，好在途中多有廊亭栈桥，行来也不觉疲乏。

一线天，又名宝剑岩，其实是剑门绝壁的岩石崩塌留下的砾岩与绝壁之间的缝隙，因形似锋芒直指天际的宝剑而得名。

一线天内，青石台阶一层层铺到高处，如羊肠般的小道又高又陡。站在入口目测，缝隙宽一米左右，仅容一人穿行。人行其中，抬头仰望，岩顶接连紧密处仅见一线天光。直至走到中段我才发现，缝隙最窄处必须侧身方能过去。若是体积过大的人不慎卡在这里，那可真是"一夫当关，万夫莫开"，徒叹奈何啊！

一线天的后半段，是几乎垂直的石梯。我只得不顾形象，侧着身扶墙而下。据说类似这样的一线天，在剑门关内不止一处，其险要自不必多言。只可惜，即使姜维用兵如神，也难挽大厦之倾颓。

为节省体力，到石笋峰后我乘观光车去了不远处的仙女廊，想从那里取道抱龙山，再入猿猱道。途经剑门绝壁，车内众人不约而同地赞叹出声。我情不自禁向右仰望，不得不再次惊叹大自然的鬼斧神工，这是白垩纪时代地质运动留下的自然奇观。东西绵延近六千米的大剑山丹霞绝壁，如刀砍斧斫，与剑门雄关浑然自成一体，形成天然的城郭屏障。

快到仙女廊时，我望见远处正在猿猱道上攀爬的一行人影，如之字形婉转盘旋，就像一条长龙翻滚游戏在峭壁悬崖之上，渺小如蝼蚁，我不由得心生对天地造化的敬畏。

经过抱龙山，前路一分两支，一边是鸟道，一边则是猿猱道。"鸟道""猿猱"之名，均取自李白《蜀道难》，"西当太白有鸟道，可以横绝峨眉巅""黄鹤之飞尚不得过，猿猱欲度愁攀援"。

猿猱道，应该是景区内最能体现出剑门蜀道险峻的地段。传言说，山高得连善于高飞的黄鹤都无法飞过，就是长于攀缘的猿猴也只能发愁。不言而喻，人行走其上更是难上加难了。如今的猿猱道并非自古就有，原是猿猴攀岩越山的小道以及当地采药人绝壁采药的便道，2016 年经景区修复后才重新投入使用。

在进入猿猱道之前，先有一番简单的安全培训。毕竟性命攸关，我自是打起精神学得异常认真。听从指导，戴上安全帽，系好安全带，扣牢腕锁，我豪气干云又小心翼翼地一脚踏了上去。

猿猱道依山就势而设，全靠人力在笔直坚硬的绝壁上硬生生凿出石阶，落脚处最宽不过三十厘米，窄处仅十五厘米，也就是比一个脚掌宽一点。道的两边，右边是高不可攀的岩壁，左边则是没有护栏、深达百米以上的悬崖，唯一能借力的就是钉在绝壁上用于牵引攀爬的粗铁链。

初时不少人紧张得提心吊胆，两股战战，几乎恨不得打退堂鼓。可这石阶只能一直向上单行，又高又陡，除了硬着头皮前进，别无选择。于是，前后不相识的人时不时地相互加油鼓劲，就成了绝壁上独特的一幕。我攀住铁链不由苦笑，若是战时，这可真是对付逃兵的好办法。

两手紧紧拽着铁链不敢放松，我面向绝壁，身躯紧贴着山岩向上攀爬，不一会儿便大汗淋漓。走在猿猱道上，时间仿佛静止，十米的距离竟让我感觉像走了一百米那么长。虽然不再有三国时兵戎相见、烽烟四起的景象，但是悬空行走在绝壁上，山风在耳边呼啸，云雾在脚下缥缈，这种腾云驾雾的体验，即便是年轻力壮的小伙，恐怕也难免会心惊胆战。难以想象以前的采药人在没有铁链辅助的情况下，是如何在如此绝壁上身轻如燕、如履平地的。

走到后面，越发艰难，上到几百米高空再想中途放弃更是进退两难。偶尔探身望向悬崖，云雾的遮掩，使崖下的景物虚虚实实，让人感觉更加深不可测。到此时，我才深深体会到"蜀道之难，难于上青天！"不过，人到绝境时总能突破极限，一旦习惯了这种紧绷的节奏，就有人开始在悬崖上放飞自我，或欢愉自拍，或放声吼叫，无形中缓解不少紧张和压力。

全程四百四十米的猿猱道走完，我用了近一个小时，贴身的衣服早已湿透。站在山顶，俯瞰群山。放眼望去，四周山峦尽收眼底，一览众山小、舍我其谁的气势，令人心生豪迈。我忍不住迎风振臂大呼，声音在山壁间回荡，响彻万里。

歇息一阵，收拾停当，我从仙女桥转向梁山寺下了山。站立山脚回望来路，连日来思乡的烦闷终于在今日得以酣畅淋漓地宣泄。剑门关、蜀道的峥嵘崔嵬所书写的坚韧不屈在巴蜀人民的血脉里流淌千年。正是这种传承，让今人愈加自信，自强不息。

老屋情笺

　　过期的回忆仿佛一张写着曾经地址的明信片，在哪里踌躇一阵，终究没有找到归宿。在未曾停下的城市发展进程中，改变的，又何止是一块门牌号码。

　　那是不起眼的老旧的平房，墙角染着经年的雨渍，不高的门槛，上面已经被磨得闪出玉石般清冷的光，门槛下的潮泥如青瓷杯底积滞的一痕余釉。门口码着还算是整齐的几排红砖，青苔蚕食着它们，圆了棱角，呼吸出潮潮的墨绿。阳光时而扫到的几处风干的边角，无奈地泛出鸟屎白来，像是刮花风干的石绿颜料。砖头缝隙里囔出一丛凤尾草，吵吵闹闹地茂密着。

　　对面房子住着的是个有点疯癫的老婆婆，好像也能给别人剪头发，只不过听大人的话，我从来没有去过那里。邻家有个令人艳羡的小院，不经意散落满地花香，静静地酝酿着她们自己的盛放与凋零。墙头搭着藤蔓，这些年过去了，不知道从前那里是凌霄花还是葡萄架。花间流连的，是一只拥有黄蓝眼睛的白色猫咪，它有种精灵一般神秘而又使人亲近的气息，让这不大的小院盈着鸢飞鱼跃的活泼。

这样的老房子都不大，刚好够住，每个角落都储存着煮过糯米稀饭的味道。这样的老房子里都没有什么装饰，家什不多的房间显得分外敞阔，窗内洒进几方白晃晃的阳光，空中游荡的纤尘顿时在幽暗的背景中显影。这样的平凡的老房子，不过几年，都会渐渐让位给华厦楼群，再也没有机会收留青春的忧郁的眼睛。

老房子里有一只执着的手，拉扯着我——已经数年未归来的一只风筝。我向它争辩着屋外千万里的路、壮阔的风雨和来往代谢的人事，它只静静地看着我，攥着我年少时的言笑和眼泪。

想了想，尽管已经有十二年没有回去了，老房子却一直是我流年中的一枚定石，我想就算借了谁的朱砂笔，也不会有人逆了繁杂的生命线，勾销那一堵老旧的颓丧。杯倾了满盏苦茗，用一整个夜晚咀嚼它的沧桑，虽然对于远方，我执拗而无悔。它仿佛是旋转夜空里的北极星，只要钉在心壤上就会有方向。

这是一种怎样的感情啊？我问自己。哪怕雾失楼台，淡月里迷了津渡，望断一瞳秋水，寻不到缥缈的桃源，迷茫中，我不能，也不舍说回不去那老屋。一边是对陌生未来的征途，一边是卸下所有防备的归巢，万里未归的旅人只得对着半盏寒灯细数微燃的悲喜，在一年将尽的夜里。也许你愿把那老屋的雅号俗名，摁进小鹿的额头，每逢它撞向心头，你因了什么声色而微醺的眼神也能在一瞬间清醒。

　　每每想起，老屋晨间的一束朝晖，溜进昏暗的空间里落在窗角的不知道历了多少岁月的彩瓷瓶中。这满绘着民俗图文、装着绿豆的瓶儿，忽地变得光华灿烂，博物馆里的那件镇馆玉壶也没它夺目。行将黯淡的那座老屋，也许只能在这拙劣的情笺里焕发最后的余照。

赶 场

山路如潮，在经久不忘的记忆中慢慢荡开。

多年以后，当我再次面对这条弯曲如蛇的山路之时，还会想起从楼梯上滚下来的那个星期四上午。温暖的阳光从房瓦的缝隙里照进堂屋，不远处的喧嚣翻腾着我蠢蠢欲动的心。外婆是一个慈祥的人，听到我的呼喊，便马上放下手里的活计，一边拍去我衣服上的灰土，一边哄我不哭。饼干、粑粑、方便面、橘子……在这些平时能让我乖乖住嘴的零食都失去魔力之后，外婆终于答应带我去赶场了，于是我便乖乖地闭了嘴。

外婆家在山窝窝里，周围只有四五户人家，村上人叫这里窝窝头。山路闭塞，交通不便，每逢周四，十几里外的另一个村子便会有一次集市。那时候，窝窝头里的人们就会吆五喝六，一群一伙地踏上崎岖的小路，留下一个安安静静的村庄，只有不经意间的风吹叶动，鸟啼蝉鸣，只有快要下蛋的母鸡偶尔"咯、咯、咯"地啼叫。就连看家护院的狗，也都耷拉着脑袋，双耳下垂，眼皮沉沉，舌头长长，然后安详地睡去。

赶场让原本十分萧条的村落得到了暂时的繁华，在人来人往的场坝上，进行着一些精打细算的交易。盐巴、酱油、味精这样的生活必需品都是在你来我往的交锋中尘埃落定的。家庭主妇们往往会为几张角票据理力争。

"姨妈，少点啊，你怎么会这么犟嘛！"

"嘛咦，舅妈，真的一分钱都没有赚你的了，我讲的都是实价！"

待双方都面红耳赤、唾沫横飞之后，买家才会慢慢地从荷包里掏出一个手帕包，小心翼翼一层一层地打开，一堆角票整整齐齐地躺在这，然后用手蘸一点口水，一张一张地数给对方，边数还要边嘀咕：

"你这个老姨妈啊，又犟又抠搜。"

卖家则很认真地看着对方点钱的手，迫不及待地接过她们手中的钱，蘸点口水一张一张地数着，然后接过她们的话茬：

"讲老舅妈啊，你怎么会这么讲？你又不是不晓得，我讲的全部是实话啊，真的一点都没赚你的啊。"

"是了是了，一点都不赚你喝西北风啊？只是讲多赚点少赚点了。"

"舅妈你理解就是好的了，来坐着等着吃杯茶再去嘛。"

"多承了，家头小的那些还等着回去做饭呢。先回去了。"

"那舅妈你慢慢地去了。"

这样的交锋和寒暄在场坝上是很常见的，人们总有用不完的嗓子去吆喝，没有用不完的热情去招呼。

那边坐着卖叶子烟的几个老者偶然相遇，便又激动地高声喧哗。

"老舅你来赶场啊？"低头正物色叶子烟的老者听到有人招呼自己，抬头看后，立即一脸的笑容，脸上的沟壑也显露无遗。

"大爷你来卖叶子烟啊，我家孙孙想吃点小东西我正好得闲来帮他买点，将就看下叶子烟。"

"来来，我的这个叶子烟好得很，来拿去吃。"

"好多钱？"

"我讲你见外得很，要什么钱嘛，来拿去吃。"

"大爷你这样讲我就不好意思了，怎么能不要钱呢？你的叶子烟本来就是卖的嘛。到底好多钱？要不我就不买了。"

"你真是见外得很，你要拿的话就给二块五把这把拿去吧。"

"那我就贪个便宜了。"

"讲这么多干什么？拿去拿去！"

然后付钱提烟，分道扬镳。

在场坝上，形形色色，各式各样，他们分毫不让，但是他们又豁然大方。集聚，叫卖，讲价，偶遇，寒暄……小小的场坝不缺少这样的热闹。在场坝将散的时候，大方的会坐在路边的小摊摊上，或粉，或饺子，或馄饨，火红的油辣子，翠绿的葱花，庄稼人不知道什么叫雅观，即便是在摩肩接踵的大街上，照样把长长的粉吸得"哗，哗"作响。吃到一半时感觉鼻涕因为辣子的缘故不住地往下流，他们便会一只手端着碗，筷子夹在食指和碗沿儿之间，把脸侧到一边，闲下来的一只手按住一个鼻孔，用力一吹，滑滑黏黏的鼻涕就会喷射出来，狠狠地摔在地上，然后再用厚实的手掌把残留的鼻涕一抹，手掌在桌子的菱角上刮一刮，最后剩余的鼻涕也被消灭了，顿时觉得神清气爽，端正碗来接着吃。

舍不得花钱的就只能吞一吞口水，舔一舔嘴皮，脖子因为背后的东西太重的缘故，伸得长长的，整个人都弓着腰，山高路长，他们背负着一天的疲惫和下一周的柴米油盐，蜗行在蜿蜒的山路上。

一间出租房

多年前，我刚来成都工作，身上没有多少钱，寻寻觅觅几次，只得在一处偏僻的地方租了一间便宜的房。

那是一个老旧小区，整栋房子蒙着一层灰尘的颜色，一眼看过去就知道它的年龄不小。

楼梯绿色的铁栏杆都是锈迹斑斑不说，一到下雨天，小区里浑浊的雨水肆意横流，几乎没有下脚之地。每每看到这一幕，我都暗暗下定决心，只要有钱就找一个好点的小区立即搬走，再也不来这破地方了。

房子离我工作的地方很远，而我的工作需要加班到很晚，经常凌晨一两点踩着淡淡的月光匆匆往家赶。房子的门是一道铁门，关门的时候，总是避免不了一阵刺耳的响声。

偶然早晨出门的时候，遇到隔壁家的房门打开来透气，就碰上了邻居家的爷爷奶奶，他们鹤发童颜，神采奕奕，一脸慈祥的样子。打照面的时候，爷爷奶奶面带微笑地问我，在哪里工作，多大年纪，又问我家在哪里。

我一一告诉给他们，他们这才面露惊喜地说我跟他们的孙子年纪一样大。

自此他们会经常关心我，时不时给我送点吃的。

而我也偶尔给他们买一些水果，来感谢他们。我这样，他们便对我愈加好了。

年中的时候，家里遇到了难事。我基本每天晚上回家都会给爸妈打电话，辩解的声音很大。

那个时候没意识到这样的老房子隔音不好。

隔壁的奶奶和爷爷早上开门的时候，也从不跟我说我晚上打扰到了他们，只温柔地说，上下班要注意安全。

家中的事情影响到了我的工作，在工作中经常状态不佳。于是跟领导请了几天的假。在我住的地方休息，房东偶尔会带着人来看房子。

碰到我在家，房东便问我为何没有去工作。于是我把家中发生的事情都告诉他。爷爷身体不好，爸妈嫌弃我在外面浪费时间，催我回老家工作。

房东是一个打扮干净整洁的中年男子，他沉思片刻说道，你把病历给我看看。见他一本正经的，我把爷爷的病例拿给他看。

他一边看，一边说他是小区对面医院里的医生。他看了病例又问了我爷爷的一些症状和既往病史，然后皱着眉头说，情况不太好，不过可以治疗看看。他又细声慢语地跟我解释他们医院没有能力治疗这个病症，他帮不上我的忙，不过他能给我一些建议。

一个未见过几次面、几乎是陌生人的房东如此关心我，我忐忑的心安定了不少。

此后只要有人来看房子，他提前告诉我的时候，就会顺便安慰我，老人年纪大了，总会有这样那样的毛病，这是无法避免的。他劝我好好工作，老人家治病需要不少钱。

我也总是好好地答应他，并振作起来工作。

没几个月，房东的房子租出去了，住进来一家人，他们在楼下做小吃。

这家的女主人很好，经常将房子收拾得干干净净，她从未计较我打扫卫生的事情。有时候卖不完的盒饭也会带回来给我吃。

时间长了，她知道我的经历后，让她的儿子以我为榜样，跟我好好学习。

隔壁的老奶奶和老爷爷，见我心情好了，叫我一起吃饭。在吃饭的时候，他们很开心地给我介绍他们的孙子在哪里工作，然后开导我，有些事情不是靠努力就能得来的，所以生活还是要看得开。

有一天，老人不在家，我还碰到了他们的孙子小李，小李无意中告诉我说老人家的睡眠不好，这房子隔音也不好，他们经常失眠。我突然就意识到自己给他们带来了多大的麻烦，可老人家竟然一次也没说过我。

我心生愧疚，以后晚回来我都会轻手轻脚地关门。给他们提起这事，他们只是淡然一笑，说他们习惯了这声音，让我别放在心上。

于是在这些刚认识的人的陪伴下，我的心情逐渐好转起来。努力工作后，自己也攒了一些钱。我再没想过要离开这个充满人情味的地方。

那年的冬天，天气虽然寒冷，但是我住的地方格外热闹。同租那家人做火锅的时候，总是叫上我。让我在外面有家的感觉。老奶奶和老爷爷时不时地关心我。房东也会偶然给我来几句心灵鸡汤。

后来工作越来越顺利，工作的地方也就越来越远了。我不得不离开那老旧的小区。

这么多年，我总是想起那小区里的人。我以后租房子再也没有遇到像他们一样的人。

他们给我的温暖，让我难以忘怀。

后来住的小区里也时常有租房子的，当我说要帮他们拿行李的时候，他们总是用警惕的目光盯着我，我只好讪笑着离开。

每每这时，我心里都会泛起一阵失落。当有人问我，为什么我会帮助那些不相干的陌生人的时候，我总会告诉他们那老小区里发生的故事。

一个年轻人在最困难的时候，遇到了很多暖心的人，而我只是想将那份温暖传递下去而已。

我想他们也希望我这样做。

那老小区在我的记忆里再也不是灰蒙蒙和雨水横流的。而是一个温暖的港湾。它让我知道来自旁人的关心如同金子一般珍贵。

后来遇到每一个挫折，我都觉得我不是孤单一个人面对，在一些看不见的地方总会有人在默默地关心着我。

时间过去了很久，他们的那份善意依旧温暖着我。在无数个黑夜里温暖着我，同时我也明白人要大方一点，主动给出自己的善意，才能收获到一颗真心。

这么多年了，希望他们能一直好好地生活在那栋房子里。

悠悠东华

写一首淡淡的歌，在晚钟敲响之时，唱给远走的人听。

时光清浅，高中毕业已经不知道多少年了，偶尔路过石板街口，抬眼望去，东华依旧，安之若素。

竖在学校街口的石碑，厚重依旧，沧桑更甚。这明朝传下来的街市，用青青的石板堆砌而成，一块一块地踩在脚下，感受历史的深沉；一步一步地踏足过去，留下未来的痕迹。想象古人粗布麻衣，肩挑驴驮，用绑在腰间的手巾揩去汗水，把胸中的一腔力气喊成生意；偶有几个风流书生执扇走过，一袭长衫，头戴方巾，惹得阁楼上的姑娘卷帘侧目，桃红浮面。

人走灯犹在，风去河自流。

街市只是老老实实地躺着，直到布衣长衫换成五彩服饰，肩挑驴驮变作车辆喧闹，他也只是老老实实地躺着，他不懂得人情世故，不懂得沧海桑田，他只是眼睁睁地看着人来人往，没有不舍，没有欢欣，不知前世，不明今生。

街市的后面，有一座不高不矮的山，便是东华山，山上绿树青葱，遮掩着一座不算古老的庙宇。红墙青瓦，但是没有雕梁画栋，庙中有几个清修的僧人，念经诵佛，打坐敲钟。傍晚时分，红霞与夕阳齐落，寺中便会响起一阵厚重的钟声，悠然浓厚，惊起一群小憩的飞鸟，晚霞为墨，天空作纸，映在浅绿的湖水之中。

"落霞与孤鹜齐飞，秋水共长天一色"，这便是时空上的不谋而合吧！

石板街傍山铺开，而普定一中，便建在石板街所傍的东华山上。

有没有这样一个地方，被一群又一群人怀念着，虽然普通，依旧牵挂？

怀念便是怀念，只是一种情怀，无关荣誉。

我的学校享有这种怀念，她已经老态龙钟，却依旧包容青春活力。年轻在古老中盛开，底蕴在韶华里深厚，相辅相成，惺惺相惜。

一群人不舍地仰望，又有一群人兴奋地憧憬。

于是，他们同时迈开脚步，往石板路深处走去，不久便是一级一级的石梯，拾级而上。山间叠放几处房屋，白墙青瓦，棱角如钩，"普定一中"四个大字气势磅礴。

校门口有两株樱花，谢在六月，好像是一种离别的悲伤，将花朵化作泪水，落一地嫣红。花落还开，人去不再，留得一树翠碧迎新的笑容。

夕阳正浓，晚风正散。方方正正的石阶印不下来时的脚印，却留下了走时的记忆。这里的一砖一瓦，便是日后回忆的一点一滴。

年年花开年年红，花落花开人不同。

不管多久，总会有一段回忆，让我们津津乐道，此生难忘。

时间不快不慢，河流不急不缓。

蝉鸣总在无意间化作风啸，绿叶也随意点上青黄。毕业总在不经意间悄悄到来，还记得我曾经问过班主任，以后我干点什么好呢？班主任随口喝我一句，你当作家吧。

就是这随口一喝，便点中了我的心坎。这样一个三流的高中，这样一位普通的老师，这样一个关键的时刻，竟然将"作家"二字随口说出，用一个不经意的回答，肯定一名无知学生对于成才的憧憬。

我曾无限地厌倦那里，现在又无限地怀念那里。他依旧如初，不喜不惧。那不是最好的地方，但那是最懂得包容的地方，包容一群孩子的喜怒无常，包容一群孩子的痴心妄想。

再仰头看东华，茂林青葱。可能不会有泪流满面的冲动，但你无法否认那种情感，那小小的山头，是你最美好的青春！

悠悠东华，似水流年！

夜场电影

楼下的小广场上，搭起了幕布，并在幕布对面整整齐齐地码了几十张塑料椅。

这是要放夜场电影呀。

这种户外搭的电影场子，对于我这个年纪的人来说并不陌生，但对小区里那些小娃娃们来讲，却是新鲜玩意儿。他们嬉笑着在幕布前后躲来躲去，就像在演皮影戏。

但凡这种活动，总归是孩子们最开心。

回想起来，在我儿时，碰上院里放露天电影这种好事，我每次都是第一批去报道的。那时候可没有摆得整齐的椅子供我们坐，小孩们都是搬着自家的小板凳，早早地去占地盘。前排正中间的位置按现在的说法就是"最佳观影座"，要是谁运气好抢到了，那他可以趾高气扬一晚上。夏天的夜场电影是最多的，天暗得晚，一家老小有足够的时间吃完晚饭、收拾干净，齐齐整整地一起看。

那时的电影、电视资源匮乏，即便是上了年代的黑白电影，我们这些平日里最会闹腾的娃娃们都能看得津津有味。我的幼年至少年时光里，头戴虎皮帽、身披黄色大氅的杨子荣一直是心中顶天的大英雄，和儿时玩伴们最常演的便是《杨子荣只身入匪窝，"百鸡宴"勇夺威虎山》这一出。

等我再大一些了，电影院多了起来，在电影院看电影成为流行，那时外国片也开始被引进，我也是趁着这热潮去看了《泰坦尼克号》《蝙蝠侠》。那时候的我心下感叹，外国电影可真好看！头脑里哪里还容得下画面闪烁模糊的黑白电影？

也不知是从何时起，露天的夜场电影不再出现，它和那台手提的老旧放映机一起，在电影市场愈发火热的时候，因为价值不再而被淘汰，甚至不被怀念。

我对电影的热爱仿佛也随着年岁的增长而渐渐消退。年轻的时候，有朋友、爱人相陪，看一场电影是件畅快或者暧昧的事，迈入中年，我变得忙忙碌碌却又劳而无功，似乎再也抽不出精力来看一场电影。

我就像那老式的手提电影放映机一样，变得沉重，缓慢，模糊，失焦。

直到有天，爱人买了个新奇玩意儿回来，她边摆弄边和我说，这个可以直接投在墙面上放电影，我瞧着那小小的、扁扁的长方体盒子，没有灯箱，没有齿轮，和印象中的放映机相比，轻盈得像一颗胶囊。

于是，那个夜晚，我和爱人，用这个小小的"电影胶囊"看了一场电影——《海边的曼彻斯特》。莹莹动人的光线从小小的机身中投出，裹着细碎翻滚的尘埃，映在墙上，就像儿时的放映机一样，可这个画面清楚、细致。我看到了阴雨绵绵的曼彻斯特小镇的海边，灰蓝色的大海，平静没有波涛。

安静的夜晚，我和爱人席地而坐，手边是喝了两口的红酒，看电影，到底还是件愉悦的事啊！

黑

　　黑，是一种颜色，大概也是一种心境，就好似迷雾困扰般，朦胧不清，捉摸不透。

　　以前，我不喜欢黑暗，觉得黑暗就如同冰冷冷的石头，一块接着一块，只会狠狠地砸向我，而我却无处遁形，只能在黑夜里静静地等待着，等着黑夜渐渐消失，光亮慢慢出现。也许讨厌黑，是因为对黑暗中事物的未知，一种来自未知的恐惧心理，因为未知，所以不敢轻易尝试、不敢轻易前行。我不知道下一脚踩中的是什么，是弹珠，还是花瓣，抑或是玻璃碎渣？因着这种畏惧的状态，迈步都畏畏缩缩，却无可奈何。

　　黑，是一种感官，看着黑暗，胡思乱想，它可以是凶猛野兽的模样，也可能是心中念想的物件的模样，只要心中有所欲，那必然就会有所惧。黑暗把我这种心理剖析得一清二楚，我却害羞于这样的想法被刀划碎了，撕开一条大口子，被更长的黑侵袭着，

我不愿这样，所以，讨厌着黑。

黑让人的感觉更为清晰，更为鲜明，眼前是黑暗，耳朵却看不到，只能听到乒乒乓乓的响动，或是细细碎碎的躁动，一点儿也不肯停下来休息，甚至比平时更加努力。鼻子同样在呼吸着空气，并不畏惧未知，一个劲儿地满足着体内所需，可夜带来的空气是冷的，鼻子更为敏感，洞悉着一切可能存在的危机。

双手双脚无力于黑暗，时而紧绷，时而放松，在这之间交替着不肯松懈下来。没有觉着黑挺难受的，就像一颗心押回胸腔里，胸腔空空的，却又是满满的，已然分不清，或许也是被黑包围着的，因为黑是无孔不入的。

若是说后来喜欢黑，我想，偶尔得来吧。黑，端庄且大气，是一种肃然，可悲的是黑又容纳着想象，黑看惯了人性的弱点，却丝毫不受干扰，千万人眼中就有千万个黑的模样，它可以是虚无缥缈的，一种颜色状态，一种情绪，一些感受，它可以是悲观的，它也可以是甜蜜的。

因为它总是"海纳百川，有容乃大"。我想我会渐渐爱上黑，虽然会时常想起以前恐惧的黑，但是我并不想在原先的那片黑中胡思乱想、止步不前或是疑神疑鬼，不就是玻璃碎渣吗，有何可惧怕的呢？这样的壮胆是有一定作用了，而更重要的是一颗坚定的心，内心坚定了，不再以物喜，不再为己悲，活得更加通透自然。

做到见识了黑暗却无畏黑暗，或者在黑暗中凝视自己的内心，主动剖开看看里面的情况，不再是被迫，而是自主地想要如此。黑，这颜色，被赋予生命，就像上帝的视角，其实就是自视内心的视角罢了，一切只不过是一晃而过的云雾烟雨，活得通透，在黑中，静静地沉下心来，或点一盏灯来，好好读读自己的心吧。

想成为黑色

人们都向往光吧，我始终认为光是转瞬即逝的东西，肉眼可见的光也好，代指精神支柱的光也罢，光永远那么短暂那么难以触碰，甚至刺眼。我们留不住光，光的出现会使我们灵魂潮湿的部分迅速风干，昙花一现的意义是什么呢？是我们站在太阳下遭逢突如其来的暴雨，没有一丝防备地失去温暖和光明。

假如我就是暴雨呢？假如我就是风雨里屹立不倒的松柏呢？假如我就是黑色本身呢？

十几岁的时候对颜色是有执念的，喜欢的颜色成套出现在私人物品上，颜色代表了一个人的态度，不知从什么时候开始，如果要用一种颜色形容自己，我的回答都格外统一。

"请用黑色形容我吧。"

黑色是神秘的、包容的，也是强大的。只有弱者锋芒毕露，强者都在兼容并蓄。随着人生即将过半，越发向下兼容了，如卡尔维诺所说："阅读就是抛弃自己的一切意图与偏见，随时准备接受突如其来且不知来自何方的声音。"

是的，读书不是为了雄辩和反驳，也不是为了轻信和盲从，而是为了思考和权衡利弊。很多人觉得他们在思考，而实际上他们只是在重新整理自己的偏见。这世上唯有黑色，包容绚丽的色彩，倾听万物的声音，给狼狈与难堪一个避风港，替人类保守秘密。

在我的认知里黑色是无处不在的，万物的起源是黑色，生命的尽头是黑色，而我亦感同身受一种说法："想成为一种黑色，凌晨三点的海是我，闭上眼的爱是我。"

除此之外呢？不止，不止。人啊，需要黑色，需要这辛苦又滚烫的避风港。我向黑色倾诉我洗完澡躺在床上的疲惫，我向黑色倾诉我食之无味又不得不吞咽的妻子的菜，我向黑色倾诉了整晚的难眠，以及我心碎过一万遍又无能为力的小事情。

"为何我喝咖啡总是要洒一个小斑点在衣领处？""为何我每次用沸水泡完茶后再重返时茶已凉透？""为何妻子下楼打麻将买菜从不带钥匙？""为何每次决定步行或者打车时等待已久的公交就要从我面前得意扬扬地驶过？"……

"黑色，这是我的秘密。"

"黑色，你一共听我说过多少句废话？"

"黑色，你为什么如此博爱？"

地底爆炸的矿石是你，原野低飞的乌鸦是你，第612颗星星是你，柏油马路是你，树影斑驳是你，风声是你，数字9是你，少年的发丝是你，我深夜敲下这些文字而留在眼下的痕迹是你。

　　黑色是最幽静、最沸腾的颜色。我在画室看见黑色，也在隧道的贝斯声里看见黑色；我在逝物录的封面看见黑色，也在探戈女郎的高跟鞋上看见黑色；我在月亮旁边看见黑色，也在同胞的瞳中看见黑色。

　　妻子总抱怨我爱说无中生有的话，但我只容许黑色知道，我看似无中生有的每一个字的第二人称都是你——我不知道黑色的姓名，便暂称为你。我永远不会对你的名字进行说明，你知道或是不知道，于我而言不再重要。你只需知道，我的血液因你而沸腾，也因你而奄奄一息。

　　我终将肃穆而庄严地看着人群成墨，而那时我会成为你。

月落缠绵思念碎

　　天淡夜凉，如水的月光从枯树的枝丫上倾泻下来，映着满地的斑驳，那些落寞的影子就那样在坚硬的地上聚合、散落，演绎着秋夜点点滴滴的疏狂放纵。衰败的竹叶在风的吹拂下迎着这月光用生命里最后一丝温度抵死缠绵。而我，就这样站在萧索的枫树下，望着如水的月光，听着周杰伦的歌："缓缓飘落的枫叶像思念，为何挽回要赶在冬天来之前……"独自咀嚼着那些或忧伤或美好的回忆，我的影子和那些斑驳融为一体，秋日的凉风渗进每一个毛孔，思念如我身上汩汩的血，涌出来，缠绵如春水。

　　没有《诗经》"彼采萧兮，一日不见，如三秋兮"的恩爱痴缠，没有《古诗十九首》"思君令人老，轩车来何迟"的深厚浓烈，也没有《孔雀东南飞》"日日思君不见君，共饮长江水"的凄凉哀婉，那一幕邂逅来得突然，来得猝不及防，我们在那样严肃的背景下相遇，而我却一再扮演坏孩子的角色——帮你这个坏孩子作弊。曾几何时，我们保持着那份独有的默契在每个街角路口相遇，却总是装作陌生人匆匆擦肩而过，因为我们明白彼此那份朦胧的感觉不需要言说，那将是我们在最美好的年华里留下的最美丽的回忆。曾几何时，每次的光荣榜上我的名字都在你前面，你总是会意地对我一笑，是欣慰也是鼓励。那时的你，还是聪明而叛逆的学生，最喜欢的事情是讨老师开心，而枯燥的语文却总是我在帮你。

你就是这样带着三分痞气、七分孤寂、一分冷漠行走在那座校园里，学习在那间教室里，飘然在那些苦涩的青春里。总觉得我们有一份朦胧的默契，如今多年过去，我再也找不到你，再也体会不到那份默契，体会不到你的冷漠和孤寂。身处江城的我无数次寻你，却每每在最后一刻退却，甩甩头，再次用回忆把你埋起。因为害怕没有开始的故事也不会有结局，害怕打破了那份不知是否还存在的默契，所以我宁可独自咀嚼着悲伤和回忆。我不知道你是否还记得那个总是给你抄答案的女孩，不知道你是否还记得我们之间那相视一笑的默契。

或许，总有一天，我会忘记，忘记那个如薄荷草般清凉的你，让那些关于你的青春的回忆飘散在黄昏的炊烟里。已是故人，我知道我怀念的更多是那种心绪，那种青春年少的懵懂，不求我们能够再次相遇，只希望以后可以在某个街角路口看到你幸福的笑意。

回得去的老屋，回不去的老家

　　四川剑阁的一个小村庄里，颠簸的厂车艰难地在满是坑洼的路上行驶着，如果不是受邀来参加亲戚小孩的婚礼，我大概没有勇气再次回到这里。在这里，经历了几十年风雨的老屋依然屹立着，但我的父母早已不在人世了，我不知道这里是否还是我的老家。三年前，父母悄然离世，一切都是那么突然，尽管自己已步入中年，但仍接受不了这样的打击。我已记不清父母葬礼的细节，眼前来来往往的亲戚和耳朵边传来的兄弟姐妹们的哭声早已将我淹没了，大脑在那些日子里一片空白，待反应过来时，父母已经长眠于山顶。从高山远眺可以看见我的老屋，老屋还是如此，只是父母早已不在了。

　　三年后，我重回故土，却像一个身处异乡的过客一般。因为，这里已没有等我回家的人了。尽管车辆颠簸，终究还是到站了，下车以后，邻居们对我很热情，他们和我亲切地寒暄着，眼神却总放在我手中的礼品盒和我的穿着上。我从他们的眼神中多少看出些生分，我并没有在意，就像工作时的应酬一般，只是没有想到有一天这样的事情会发生在我从小长大的地方。我的心头一阵酸楚，我怀念父母尚在的日子，但我清楚地知道有些东西终究是回不去了。

在父母离世之前，逢年过节，尽管兄弟姐妹们分散各处，却都会在特定的日子齐聚一堂，一起吃一顿团圆饭。父母在我们回来之前总是早早起床，奔赴市集，挑选平时根本舍不得吃的好菜，杀猪宰羊，兴奋得好似过年。父母做的饭里充满了家的味道，让我们感觉很温暖。吃完饭，我们一家人就坐着一起聊天，兄弟姐妹们会给父母讲自己在外面的新鲜见闻，也会吐槽各自生活工作上的不顺心，整个画面充满了欢乐和温暖，这时邻居们总会闻声而来，带着自己做的小菜送给我们，并和我们亲切地寒暄。这样的日子总是灯火通明，笑声不断。这样才有一家人的样子。等到离别时，父母总会在家门口向我们挥手，离村口越远，父母的身影便越小。但我们知道，他们会一直在那里等着我们回家。

那时我以为我能一直做父母的孩子，那个家会一直为我亮起一盏灯，然而，世事难料啊！

今天的村头依旧热闹非凡，大家笑语寒暄，互相道贺。我看到了许多邻居和叔婶，他们音容依旧，而我更像是来自外地的客人。吃饭的时候才发现，大家都是一家人坐一起，而我只能找几个不相识的落单之人拼桌。兄弟姐妹们工作忙碌，不能前来，便托我送来了份子钱和贺卡，我想他们大概没有勇气来这伤感之地吧。我跟着大家举杯、寒暄、鼓掌，看着并不熟识的一对新人，目光转而落在了他们的父母身上，他们和我父母曾经是关系不错的邻里，恍惚间我好像看到我的父母也在他们身旁跟着一起鼓掌欢呼。

婚宴结束后，我去了一趟父母的墓地，长了些许野草，但还算干净整洁，清明节会有邻里帮忙扫墓。扫完墓后，我去了老屋，这里的一砖一瓦还是原来的样子，只是紧闭的木门泛着潮气。我对这个地方太过熟悉，以至于闭着眼都能勾勒出屋内的所有陈设，但那些东西都被我们收拾整理好了，只剩下光秃秃的床和桌子，上面结满了蜘蛛网。屋后那些树木还在，只是较从前高了不少，记得小时候我们兄弟几个总喜欢用树枝搭成篝火堆，烤红薯和鱼。父母总会念叨我们不好好吃饭，一天天就知道在外面野，念叨完后会准备好热腾腾的饭菜让我们吃得饱饱的，这些事情仿佛发生在昨天。这座老屋充满了儿时的回忆，父母走后，这里长满了野草，满目萧条。

三年了过去了，记忆却好像被封锁了，每次看到老屋，我总觉得父母还是静静地待在屋子里，守着一亩三分地，期盼着我们回家。而今真正回来了，记忆突然鲜活了起来，父母早已不在了，老屋也变得陌生了许多，风里没有了熟悉的味道，早已是人去楼空，不堪回首。我依依不舍地在林中站了站，下一次回来或许更遥遥无期了。

夜晚，我去了之前熟悉的邻居和亲戚们家里做客，他们总是嘘寒问暖，称赞我在大城市工作的本事，我也兴致勃勃地和他们对酒当歌。灯火通明的屋子里围绕着许许多多的人，聊着陈年旧事和我父母从前的生活状况。在酒精的作用下，父母宛如重生，但是亲戚们的表情都透露着伤感，让我在半醒半醉间看到了现实。村子还是以前的村子，我依旧热爱它，但我不想在这里待太久。

夜深以后，我回到了招待所，我没有家只能住在这里了。我和兄弟姐妹用手机聊了会儿天，说起了婚礼的热闹、亲戚的热情，还有村里的环境，大家都在回忆着过去。我告诉他们父母的墓地保护得很好，老屋还是原来的样子，虽然父母不在了，但我们还有彼此。最后，我们约好下次一起回老家看看。

恍惚间我竟然睡着了，我梦见了那间老房子，里面是我的父母，他们向我张开怀抱，我迫不及待地奔向他们。这时，电话铃声将我吵醒了，耳边传来老婆的声音，她问我什么时候回家。我突然意识到我已经为人夫为人父，我已经有了自己的家，我的儿子也在等着我回家。

父母会永远活在我的心中，而我对他们的思念就化作我对家人的爱吧，让它代代相传下去。

骆驼西行——缅怀文学挚友罗斌

有很多地方，我们终其一生只会去一次。就像这次去苍溪龙王乡一个名不见经传的小村庄，是因为骆驼离世的缘故，否则我一生都与龙王乡无缘。

今冬寒冷刺骨，冬夜漫长而又漆黑，陆续下过几场冬雨，像是老天怜悯活在痛苦中的人们而流下的泪水。骆驼逝去时还很年轻，终年不过五十一岁而已，他八十多岁的老父亲尚在，葬礼按川北的风俗，一切从简。

2022年12月18日，天气阴沉沉的，寒风吹得我瑟瑟发抖。只听得见断魂的唢呐声响彻整个山谷，只看得见火炮直冲云霄，闪光照亮整个村庄。骆驼在一片哀伤声中永远地离开了我们，也离开了他最难以割舍的文学。

我们一众兄弟和骆驼的妻儿以及老父亲去墓地送他最后一程，骆驼的家人将他的墓地选在了他母亲的墓地旁，这样他就不会孤单了。

虽说是萧瑟的冬天，可墓前却盛开两丛黄色的野花。我们无限感伤地站在野花前，眼含热泪，痛恨病魔无情，带走了这样一个年轻又有才华的人。

回想起一年前，骆驼患癌的消息不胫而走。得知这一坏消息，我们心中难受得很，每次见他都小心翼翼的，生怕说错话，引起他的反感。但是他却丝毫没有将自己的疾病放在心上，像往常一样和我们有说有笑，心中充满了希望。

生活中，骆驼是一个慢性子的人，他说话做事总是不慌不忙，井井有条地处理好自己的事情。性格也很豁达，即使生病了，他也在一众好友面前说一些笑话，逗得我们开怀大笑。

骆驼原名罗斌，在文学圈，恐怕知道他原名的人不多，我和骆驼既是老乡，也是好兄弟，我们都是文学爱好者。彼时的他在文学圈中已经极具影响力，先后在各级报刊发表以小说、散文为主的作品百余万字，有多篇作品被《小小说选刊》《微型小说选刊》《文学报》等权威报刊转载，被《中国微型小说百年经典》《当代中国经典小小说》《中国微型小说排行榜》等权威选本收录；《红橘甜了》《拒绝》《春到梨花开》《发报员刘菊花》《年猪肥了》等十四篇小小说被全国三十多个省（区、市）的中考、高考语文试卷采用；小小说作品《风雪中的那双手》《红橘甜了》等曾获第五、六、七、九、十届全国微型小说年度评选奖、全国小小说年度佳作奖等多种奖项。骆驼个人多次被评为四川省文学组织工作、信息工作先进个人。出版作品集《深山幽兰》《红橘甜了》《原路返回》等。

　　我与骆驼关系甚好，经常在一起讨论一些文学上的话题。每次他都毫无保留地将自己的写作心得和技巧告诉给我，比如将自己的灵感及时记录下来，多看看别人的作品。

　　对他的这番好意，我一直心存感激。

　　骆驼是热爱文学的，在创作上，他从不松懈，抓住一切时间来进行文学创作，将他心中的火花和热情传递给每一个人。

　　工作之余，我经常阅读骆驼的作品。一来是学习，二来是真心喜欢他的作品。对我来说一个人的作品就如人品一般，是看得见和摸得着的。有时候，喜欢骆驼作品的人，向我打听骆驼是怎样的一个人，而我只会告诉他，再去看看骆驼的作品，就知道他是怎样一个人。

　　《红橘甜了》《年猪肥了》等，都是骆驼的代表作，从他的作品中，我们都能看出来他是一个积极向上、充满正能量的人。他的作品激励着每一个素不相识的读者。

　　我们最后一次见面是在骆驼老家的作家笔会上，这是自骆驼生病以来，我们第一次探讨与生命有关的话题。对待生命，骆驼一向是乐观和豁达的。也许他早就感觉到自己的病情不容乐观，但他没有丧失与疾病斗争的意识。

　　这谈话让我大受启发，我开始思索生命的意义，以及自己以后该走的路。

　　谁也没想到这竟是我们最后一次见面，没过多久噩耗传来，我们怀着沉痛的心情踏上了去苍溪龙王乡的路途，去见骆驼最后一面。

在时光角落里读你

我在时光的角落里细细把往事回忆，
看到了自己，
也看见了你。

读你，忆你，
在夜深人静的梦里。

在时光角落里读你

你扮演的角色太过寻常，以至于我总是在时光的某一角落里才能将你忆起。

你出现在小时为我哼唱的儿歌里，在放学后一碗面的热气后，在傍晚等我散步的树荫下。你在时光的角落里，虽然我曾把你无数次忘记。

在时光的入口读你，你眉眼带笑，你会讲述牛郎织女，会描绘大海和山川。在每一个无尽的夜晚，把那多得数不完的故事，全部装进了童年的梦里。

在时光的深处读你，你亲切慈蔼，你用温柔恰到好处地掩埋

了我所有的委屈和悲伤，你用耐心编织着我的重重心事。

在时光的缝隙里读你，你受人尊敬，即使早已经历过大风大浪，你依然用笑容温暖别人。有时候，我觉得你很傻，因为，你把所有好的都给了身边最需要的人，给自己的，却是让人心酸的剩余。你从来不懂得如何索取，也不知道如何伪装自己。

时光碾过我记忆中的千万条路径，我唯一能做的，就是让有关你的记忆片段尘封在角落。那里没有危险，那里不会有风雨打击。

在时光的角落里读你，你花容不再，你垂垂老矣。岁月让你改变甚多，但又似乎没有拿走你什么。你还是会偷偷地把皱巴巴的钞票塞进我的口袋，也还是会把我当作小孩一样没边地宠溺。你学着小心翼翼去试探我的心情，却不知我早已关上了心门；你默默在背后付出，却不知我早已有了做事的能力。在快节奏的生活中，在每一个匆忙的瞬间，我慢慢错过了你的笑容，你的眼神。

在时光的角落里读你，那才是令我印象深刻的你。时光荏苒，我的世界已是千变万化，唯有你的角落还保持着最原始的模样。回忆里的秋千荡着，一晃就是好多年，从未停歇。纵使周围乌云密布，它的上方依旧明媚如初。

我是如此确定，人生有那么多耀眼的光束，你是照亮我生命特别的一束。

我在时光的角落里细细把往事回忆，看到了自己，也看见了你。读你，忆你，在夜深人静的梦里。

左手牵挂，右手想念

　　说实话，我是不大喜欢冬天的，凛冽的北风，严寒刺骨，抱着暖炉不愿动弹，勉强出门又蜷缩在大棉袄里，恨不是一只刺猬，缩进刺壳只为等待来年春天的苏醒。说实话，我又是惦念冬天的，凛冽后的纯白，瑟缩中的欢颜，喜悦与快乐荡漾在冬日的清晨与午后，斑斓的梦想无声间绽放，一只刺猬也应该梦想着滚进冬日的山川与原野吧。

　　这种牵挂不是一朝一夕的，它扎根在我们童年的梦中。孩子们生来对冬天情有独钟，一场大雪，裹挟了四季的欢乐，在父母温热的耳语中一骨碌爬起推门，冷风迎着惊喜，屋前屋后，房顶树梢，山川沃野，全都是白茫茫的一片，策马奔腾，寰宇遨游，心猿意马中坐立不安。扒拉完早饭，戴起棉帽，穿起雪地靴，拉拽下绫角飞翘的棉袄，母亲的叮咛还在耳畔，我早已飞奔得无影无踪，浅浅的脚印挥毫成冬季的简笔画，吱呀的脚步吹奏起美妙的序曲，肆意的追逐、童年的欢乐全部在雪中挥洒。堆雪人，滚雪球，溜雪坡，打雪仗，一骨碌爬起接着翻滚，迎面相撞扒拉开继续飞奔，欢乐在雪地盛放成花，硕大的雪莲般净美无瑕。天似穹庐，粉妆玉砌的北方小城吟唱出敕勒川的不羁潇洒，关于童年的记忆在一场雪中汇流成河，温暖了整个季节。

这种惦念也可以在年深日久中酝酿成酒，不信，你可以去融雪的街头走一走。那一定是个太阳初升的午后。经过一个上午的踩轧扑腾，那些雪依然厚重软糯，雪地上留下深深浅浅杂碎的脚印，没有北疆的寥廓幽远，雪忽地亲切慈祥起来。明晃晃的太阳腼腆兴奋地照耀着，白花花的雪地上泛起银光，眯缝着眼睛还是忍不住四处张望，似乎是一刹那间，雪已融化了好多，就像童稚的涂鸦，打扰了白色的喧哗，却又是那么鲜鲜净净的。一切都新鲜起来！马路牙子露出来了，道上的几颗鹅卵石也睁着圆溜溜的眼睛张望着，园子里的枯草抖抖蓬乱的头发舒展开，站台的檐顶上也漾开了一大片水渍，滴滴水珠在檐端列队，滴答下一地涟漪，马路上积起了无数的小池，清冽中激荡着人间烟火……一切都是新的，即使是那普通的广告牌也绝对不是原来的了，它在片片花瓣中欢歌，洗涤出靓丽的颜色。

冬，总是能给人带来快乐的。

无论是记忆的深处还是现实的午后，无论是情有独钟的感触还是年深日久的感知，总有那么多惊奇与美好在这个凛冽的季节里出现重演，她演绎着独一无二的季节色彩，不似春的勃发、夏的绚烂、秋的丰硕，她美得那么坦然直白，这让一季欢乐也变得无限轻快，好像她的冷都被遗忘在外了。这么说，我还是喜欢她的。

选择是"杀手"

自古，鱼与熊掌不可兼得，忠与孝难两全。选择从古至今都是悬在心头的一大难题，宛如残忍的"杀手"，让人求而不得，得不偿所愿。在抉择之中，肉体和灵魂所受的磨难就如同身处地狱一般。

不知从何处看到过一个很有趣的题：要过年了，家里有一头猪和一头驴，是先杀猪还是先杀驴？你们觉得会如何呢？这虽说是一道题却没有答案，在评论里看到一条挺有意思的回答：杀猪，驴也是这样想的；杀驴，猪也是这样想的；俩都不杀，猪和驴都是这么想的；俩都杀，隔壁邻居家的猪和驴都是这么想的。所以，我想每个人思忖的角度不同，做出的选择便是不同的。

很多时候，人生的选择并不是考卷里的选项，必有正确的一个，往往是选择之后面对截然不同的结果，或好或坏，或明或暗，没有固定的答案，没有所谓的正确的选项。"塞翁失马，焉知非福。祸兮福之所倚，福兮祸之所伏"，选择的结局是很戏剧性的，就好似蝴蝶效应，一次翅膀的轻轻扇动就能引发一场沙尘暴，所以选择前你也不知故事的结局，也许你以为你选的是一条康庄大道，走过了才发现是一条蜿蜒泥路。

有人会因为细嗅了蔷薇，而放下心中猛虎；有人会因为心存猛虎，嗅不了蔷薇。一个住在海边的小女孩，心里向往着一望无际的草原，向往着金黄一片的向日葵；另一个住在草原的小女孩，心里渴望见识海的广阔无垠，向往着波光粼粼中被渲染的彩霞。有人觉得自己的选择不尽人意，故而时时后悔，怨天尤人，说着早知如此、当初就……其实选择虽是"杀手"，却是有良心的"杀手"，从不看轻任何一次决定，也从不辜负每一颗仔细衡量的心。

选择一样事物意味着放弃另一样。这两样事物带来的结局都是选择人所应该承受的。陶渊明放弃了为五斗米而折腰的官场生活，选择了惬意自由的田园生活，在一片悠然中唱出传世佳作。兰陵王选择他认为的忠义，为着那句"君让臣死，臣不得不死"便义无反顾，众人都替他不值得，为何不推翻昏庸的国君自立为王，而是随着一道圣旨赴死？但正是他选择了忠义，后世人才为他兰陵王惋惜。

柳青说过，人生的路虽然漫长，但紧要处却只有几步。这几步的迈出就好比攀登阶梯，提膝往前踩的那脚，踏实，稳健。在人生的关键处走自己选择的路，如果选择了远方，就不怕风雨兼程。借用《朗读者》第三期的内容："生存还是毁灭，这是一个永恒的选择题，以至于到最后我们成为什么样的人，可能不在于我们的能力，而在于我们的选择。"愿我们面临选择之际，遵从内心，直面挑战，做一个又一个日后回想不会后悔的选择。

最长情的告白

最长情的告白是陪伴。陪伴这个话题可谓是老生常谈了，人一旦习惯了陪伴就会害怕孤独，这里的孤独是一种情绪，而不是一种外在的形态。陪伴就好似和煦的春风拂面，清爽且温暖，它携带着世上最美好的东西——时间，让你在偌大的国度里有了丝丝慰藉和牵挂。

日复一日，年复一年，《目送》里的一个小片段中的一句话让我刻骨铭心，它是这样说的：所谓父女母子一场，只不过意味着你和他的缘分就是今生今世不断地在目送他的背影渐行渐远。你站立在小路的这一端，看着他逐渐消失在小路转弯的地方，而且他用背影默默告诉你：不必追。是啊，不必追了，因为他们已经远了。每每回味这句话，心头便浮起了咸咸涩涩的味道，堵住了想要表达万语千言的心。

感念着父母的陪伴，可树欲静而风不止，子欲养而亲不待的悲哀往往存在。有的人正在茁壮成长，而有的人却垂垂老矣，此时此刻也许可以思考已经有多久没仔细去看你父母的脸庞了，或者，最近抽出时间陪伴父母散步、逛街了吗。或许很久了吧，因为找借口总比实际行动更容易做到，年轻人总是用学业繁忙、工作众多的理由去搪塞。如果有时间，就去脑海深处去整理一下旧时光，看看过去的风光，那一条三人共行的小巷子，那个三人爱吃的小馆子，那三人爱逛的操场，如今还在吗？或许已经被改造了。小时候，父母用身躯撑起一片天地，细心呵护，但想想现在却习惯了孑然一身，为了跟上时代的节奏，忘了驻足等待他们。

草，在结它的种子。风，在摇它的叶子。静静地等待着，然后并排着走，可以不说话，或断断续续地聊着些家常，在这样灯火摇曳的漆黑夜晚，他们望着你，你望着他们，有孩童的欢声笑语，有父母的家长里短。也许会突然想起以前的某件事，拿出来聊上一聊，想着以前的点点滴滴，一个活灵活现的画面跃然脑海，这时，想着他们的陪伴，他们在成长里的每一次智慧引导，每一次心灵交谈。我看向的那片云是白色，看向的那片天是蓝色，我看到的世界是斑驳陆离的，而不是黑与灰的交汇堆叠。

忽然想起书里的一句话：父母在，尚有来处；父母离，只剩归途。人生何其短暂，我想用陪伴去守护他们，哪怕只是静静地陪着，也便不会再有树欲静而风不止，子欲养而亲不待的遗憾了。《礼记》中有言："冬温而夏清，昏定而晨省。"短

短一生啊，也许最重要的一件事就是陪伴父母，因为，陪伴，是最长情的告白，也是我愿意用来慢慢回报他们的世间美好的东西。

被遗忘的落日

人会在不知不觉中遗忘，也许在不经意间，会回想起以前的一件事或是一段时光。那黄昏时刻的夕阳，人影憧憧的金光，都在遗忘中消散。

一个人经历这一生，需要很长时间，每分每秒都有着点点滴滴的故事，而记忆的轴上却只有一小段，看不见最前面，只能浅浅地记得当下和过去的一小段时间。

记忆是短暂的，很容易就埋没于繁重的工作和快节奏的生活里，偶尔闲下来了就更愿意去翻一翻那些被遗忘在记忆中的落日与岁月。

城市里处处都是高楼大厦，透过窗，也能看到夹在两座楼盘之间的几分墨绿与暗红，远观拱形的矮山头，一条蜿蜒曲折的小路呈土黄色，我常常也会遗忘这抹交织的颜色，常常遗忘了去思考季节的更替。

　　遗忘的东西很多，可那落日是定要追寻的，我想，我大概不会遗忘曾经追逐的落日余晖，但记忆是一件很神奇的事情，我会铭记所有深重的苦难，也会铭记曾出现在生命里的莫大欢喜，但是有些却如过往云烟一般，一不小心就掉入记忆口袋深处，找不到了。

　　我想，这也许是现在人们常常拿手机拍照记录的缘由吧。比如一场旅行，人们会有去的哪儿、和谁去的、去了哪个景点、哪个景点最好玩这些粗略的、大概的印象；而在某一处看到美好风光时的内心悸动，看到某一个画面而滋生的别样情绪，这些感触稍纵即逝，时间越久，越容易被掩埋。若是当时拍张照片留作纪念，在以后某天被无意翻出时，透过照片就能浅浅回忆起当时的感触，这在我看来就是照片的好处之一，亦是我会常常拍照的缘故，留不住晚霞，就拍下来，以后每天都可以看到这美好的晚霞。

也许以后我会一直在遗忘中度过，遗忘很多美好，遗忘黄昏的日落，不小心就遗忘了一个梦境。

有人说，死亡并不可怕，真正可怕的是，被人遗忘。害怕被遗忘，是因为曾经存在过，虽说雁过无痕，但我们总是希望能够永垂不朽，可是往往败给了时间。时间不语，却回答了所有的问题，在这世界上真正逝去的是被遗忘的。

所以，打心底希望能在某个午后，坐上一把靠椅，再在旁边的矮小的桌上沏上一壶茶，倒上一杯，壶嘴处升起缕缕热气，双膝上放一本照片簿。此时若有人同赏，甚美矣！每一张照片都留下了一刻的美好，看着看着，也许会欣慰地笑一笑：有趣的搞怪的照片，也可能是那些快被遗忘的人，在某段时期里一个陪伴着自己的人。

被遗忘的落日，是心里的一块净土，不会害怕被遗忘，因为我知道我存在过，来过，离开不意味着一切都被磨灭，至少我呼吸过那一片空气，知道是什么味道。我守望着那被我遗忘的日落。

孤　独

也许，大多数人看到"孤独"二字，都会心生万千感慨。

我也如此，想来人生数十载，孤独也像是一条生命线，拽着我，我却扭着头，拉着它。回首，孤独就像影子一样，如影随形，有时风一吹，它就"野火烧不尽，春风吹又生"了，有时灯一亮，它就摇曳着身姿了。

以前，习惯了陪伴，厌恶着孤独。我大概觉得热闹才是我的风格，人就要活得像电影情节那样轰轰烈烈才好。喜欢人多，喜欢热闹，喜欢在熟悉的大街小巷中穿梭，喜欢灯火摇曳中的欢声笑语。

我喜欢过年，因为热闹。家人齐聚一堂，小辈们三五成群聚在一起谈天说地，一起游戏开黑，一起看电视吃鸭脖，一想到这些画面，嘴角会不自觉往上扬，那时的热闹是印在心海的。但年后的失落感却更浓，看着原来拥挤杂乱的房间变得空荡荡的，仿佛之前的热闹只是泡沫，风轻轻一吹，就破了。这种压在心底的失落感让我讨厌着孤独，我觉着我生来热闹。

日复一日，年复一年，慢慢地，我习惯了孤独。考学艰辛，长夜无眠，是孤独的。一个人上学，一个放学，一个人吃饭，一个人看电视，被时光磨灭当初的热情，我大概开始觉得孤独是影子，习惯就成了自然，我喜欢不喜欢并不重要，它都会存在于我生活的时时刻刻。那时，我被孤独围绕着，就如被藤蔓缠绕住了手脚，掉入了无底深渊。

在孤独中，我很煎熬，因为我不认同孤独。

后来年纪大了，看惯世事变迁，反而觉得孤独是我的朋友。每当夜深人静之际，孤独陪伴着我，我执笔抒情，它就从灯光中跑出来萦绕着我，我反而很心安地享受着它的陪伴，我可以静静地思，默默地想，我看着窗框外的漆黑，微微打开一条小缝隙，风就沁透了窗纱，孤独就在风里翩翩起舞，正如我的心情般惬意。

有人说，越长大越孤单，果然如此。可既然人生来就是孤独的，那如何自洽便是一场逃脱不掉的测试。

测试之前呢，我们就得先跟心灵进行一次沟通，放下成见，孤独不是磨灭热情，而是适时调整自己，在适当的时间里和自己达成某种协议。其次，孤独久了，就如同一种慢性病，就好比可以和朋友有深厚的感情，但是正所谓"君子之交淡如水"，不能乱了方寸。在我需要孤独的时候，我会迎接它，但是在我需要陪伴的时候，我会将它拒之门外，做孤独的"渣男"。

当你愿意接受孤独之时，你其实从某种意义上来讲已然不孤独了，因为你的心境变了。孤独从来不是孤单，更不是孤立，可怕的只是你从未真正了解它，却把它当作猛虎野兽，谈之色变。其实，不然，它是猛虎身边的蔷薇花罢了。

　　以平常心对待孤独，孤独也是会向阳而生的。

遗憾的另一个名字

一个人的一生，充其量也就三万多天，在这当中，遗憾应该是难免的。

遗憾来到之前就好似未开的花骨朵，花也无法预料花期的长短，但这样的问题绝不会在开花之前引起思索，因为这个问题可算是杞人忧天。我其实很少去思索遗憾的价值，对这个话题也是避而不谈，实在是因为打心底觉着花时间去后悔是件毫无意义的事情。与其后悔当初，不如踏实做好现在，正所谓"道虽迩，不行不至；事虽小，不为不成"。

后来，我发现这种想法是掩耳盗铃。后悔是一种消极情绪，是由自身主观思想引导的，而遗憾是客观存在的现象，就好比世界上没有一场完美的策划，顶多只是比其他的策划更好，所以遗憾总是存在的。而我对遗憾也另眼相看，有时遗憾就像是一个没有谜底的谜语，让人捉摸不透，却为其着迷沉沦。我经历着遗憾，相反，遗憾也容纳着我，这让我想到了庄生迷梦蝴蝶的遗憾，庄周梦见以身化蝶，栩栩然而飞，与蝶同心，梦醒之后蝴蝶已然在脑海模糊，而自己仍是自己，那种感觉稍纵即逝是一种遗憾。佳人锦瑟，一曲繁弦，惊醒了诗人的梦境，不复成寐。也许庄生遗憾着化蝶的梦境，人与蝶之间的忘我情怀，虽是虚缈，却反而成了一种哲学思考，到底是人觉人化蝶，还是蝶觉蝶化人呢？后世因着这样的遗憾感悟着虚无缥缈的境界，感受着道家的虚无思想，虽未遗憾，但却化虚为美。

遗憾的歌谣从未停止，每个音符跳动着，或许残缺着，却唯美着。罗马神话中的女神维纳斯以美著称，雕像却是断臂的。

人们遗憾着这样的不完美，但真正去思考又会发现，不正是有着这样的遗憾，反而衬托出美的与众不同？所以遗憾也是一种美，它也许美得不明显，但它却使不完美变得平常，让不完美也成了另一种完美。《麦琪的礼物》中德拉和杰姆为了对方得到梦寐以求的物品各自舍弃了最珍贵的事物，令人心生遗憾，透视这遗憾，从中挖掘出的那一份纯真的爱不正是不完美中的完美吗？遗憾往往可以给人们带来极大的震撼和悸动。曹雪芹笔下的《红楼梦》绝世佳作，却未完结，留下的遗憾令人扼腕叹息，却由此诞生了一科绝无仅有的"红学"。

也许正在昏暗潮湿的工作室完成着未完成的工作，发愣的瞬间也想抬头望着穿过缝隙投射下来的几丝光亮，遗憾着没能在冬日来临之前，去看看金黄色的银杏叶随着晨风在空中飞扬划出美丽的弧线，用手捋一捋头顶上静静停留的几片残叶。因着这份遗憾，在这年的寒冬便有了念头，有了出游的念头。

　　遗憾之美，在于不完美之意，不完美亦美，美自不完美之意。遗憾千千万万遍，不如踏入遗憾之玄境悟得，人生无须拒遗憾于千里之外，而应心平气和地和遗憾共处，化遗憾为动力，冲刺拼搏。

人生半半

刚入冬，天气还未凉寒起来，家附近广场边上，那几棵高大的银杏树下早早地落了一地金黄色的树叶。路过的行人们，每个人都面露惊艳之色，纷纷掏出手机留下初冬的样子。

而那树下，有一个两三岁的孩童正玩弄着落叶。

初生与衰落，对比强烈。

相同的景色，看的人心境不同，得到的感悟也不同。就像朱自清在夜晚，看到亭亭玉立的荷花，他感受到了"淡淡的哀愁"以及对前途的迷茫。可在季羡林眼中，荷花是生命的象征，也是希望的寄托。

重要的不是景色，而是看景人的心境。如同一片白云，世界上的每个人看到的形状都不尽相同。

那一地的落叶，让过路人心生欣喜或伤春悲秋。

可我却想到了花开花落的四季轮回，以及生老病死的自然规律。

相信很多人和我一样无数次地思考过，生命的意义到底是什么。我们每个人，都是一个单独的个体，我们无法完全被人了解，因为我们心里总有一些隐秘的角落是任何人都无法窥探的。

换句话说，孤独是生命的常态。

时间到了，生命会像落叶一样无法挽回地凋落，最后融入泥土中。

路过的人们也只记得它带来的刹那芳华，却没有一个人想到它的一生究竟是怎样过的，更不会去探究它在生命最后一刻想的是什么。

我们不也如同那落叶一般吗？

街头上，路人们一脸凝重，脚步匆匆为生计奔波；学校里的学生为了未来而日夜读书；街边的摊贩面红耳赤地吆喝着；写字楼里那些的人，忘我地工作着。

年纪越长，我越迷茫：自己存在的意义是什么？

平庸如我，无数次被人指着鼻子说，这么大的年纪，怎么什么都不如别人，你应该弄个 XXX 职位。

我虽生气，却无法反驳。

人生过半，青年出走，中年归来，我经历了不少人生的大起大落。

最后，我发现，我和其他人一样，像蜘蛛困在生活的天罗地网中，无力挣脱。

想起很多年以前，一个月夜，年少轻狂的我，幻想着到中年时，至少是一个西装革履的成功人士。

光阴更替，在某个时刻发现自己到了某个年纪，并没有如自己想象的一样，在某方面取得成功，反而趋于平淡。

很多时候，我会心有不甘，尤其是对上周围人不屑的眼光，更容易觉得时间易老，而自己一事无成。

到了我们这个年纪，对自己的平庸其实更加难以接受。某天清晨览镜自照，惊觉时光匆匆，青丝变白发，以前的意气风发也被生活消磨殆尽。

无数个夜里我在床上辗转反侧，直到最后不得不与自己和解。

这个时候，我就在想生命的意义是什么。是考上顶级大学，是成功，是出人头地，还是实现曾经的梦想，才会觉得不枉来这世上一趟。

我将心中的疑问告诉给朋友：我如此的平庸，什么也比不过别人，来这世上也不过是混混日子，哪里有什么意义呢？

朋友却笑着回答我说，你是不是抑郁了，生命的意义不在于平庸与否，而是生活的本质。

他拉着我随手指着一个抱着孩子的母亲说，你看，小婴儿的母亲多幸福，她并不能预见自己的孩子未来能取得多大的成就，就是单纯为一个生命的到来而开心，这难道不是生命的意义吗？

朋友说，用成功与否来定义生命是极其肤浅的。即使你没有成功你的存在也是有意义的。努力生活难道不就是生命的意义吗？

朋友的话，解答了我的疑惑。

从这以后我发现生命的意义其实随处可见。

并不是自己考了多好的大学，取得了多大的成就。

我们大部分人都是平庸的个体，最终能实现的，可能也就是安稳地度过这一生。

但是至少我们都努力生活着，在努力的过程中，看见不同的风景，或繁华或凋敝，一个片段一个片段地凑成我们的一生。

生命的意义融入每天的时间中。

还未大亮的清晨里，母亲们挎着篮子在菜市场里，为家人们采买一天的食材。当她们挑选到了自己满意的食材，她们脸上会露出幸福的微笑。孩子们通过自己的努力，取得好的成绩，他们也会露出甜甜的笑容。下班后的丈夫，回到家里吃到热气腾腾的饭菜，不满意吗？

满城烟火，总有一刻，会让自己觉得生命是如此有意义。

范仲淹说："不以物喜，不以己悲。"我不再执着自己的人生是否过于平淡，也不再与别人比较，更不再纠结，时间易逝，头上已生出白丝，脸上也堆起皱纹。而白发和皱纹也是生命意义的一部分。

当我吃到自己想念很久的美食的那一刻，我是欣喜的。看到周围的美景也会筹划来一场说走就走的旅行。

再后来，当有人指着我说，你这一辈子就这样庸庸碌碌地过完了，我不再面红耳赤，只淡然地说道：是啊，祝你能过上自己理想中的生活，成为自己想成为的人。

成功只是生命的一部分。对一些人来说，好好活着是他们毕生的追求。

在一次访谈节目中，我看到一个患癌症的年轻博士，她的眼里是淡淡的忧愁，她说以前觉得名利很重要，生病后，才觉得这些东西都是无足轻重的。

还有一个女性，在追求成功的路上，她日夜工作，牺牲了身体的健康。她说这是她人生的意义。

所以生命是否有意义，是我们的主观感受，是不以别人的意志而转移的。

只要我们内心快乐生命就是有意义的。

人生半半，一半让它留在过去，一半留给灿烂的未来。自己来赋予生命的意义，在繁华的世界里，看庭前花开花落。

"阅历"文明

　　我被遗弃在自然里，在森林里、河流里，我无比开心，我身体的每一寸皮肤、每一毫升血液都属于自然。被文明弃养的，大自然会收养；被世界遗弃的，被孤独捡起。

　　世界不许我浮夸，不许我歌颂，不许一副半百的躯壳容纳二十岁的灵魂，当然也没有人会倾听十八岁的躯壳讲述八十岁的哲理，也许当今的文明就是这样吧，只接受符合阅历的标签。

　　什么样的文字才是符合阅历？什么样的生命才足够被尊敬？我想过很久这个问题，有的人上了点年纪就觉得应该将自己的姿态端起来，写一些故作深沉而毫无情感的大话，那样的漂亮话在我母亲给我念完一本林清玄时我就学会生搬硬套了。

　　越发多的年轻人不再听信年长者的"建议"，正因为太多的年长者不如年轻人想问题透彻，不如年轻人勇敢，只是自己将自己端起来，他们说着轻飘飘的话痛击年轻人，于是这样的谎言逐渐不再被年轻人采纳。

年龄才是阅历吗？

你说热烈的感情不符合阅历，你说真挚的安慰不符合阅历，你说什么才是阅历呢？是将人变得乏味枯燥的东西叫作阅历吗？是将人抽离现实的东西叫阅历吗？是叫人羞愧于怀念与爱的东西叫作阅历吗？世人所谓的阅历不就是"我上了年纪，我要故作深沉"吗？

不懂得流泪，不懂得为妻子写情书，不懂得夸赞年轻的生命，不懂得一遍又一遍走进人间，不懂得从普通的饭菜里咀嚼幸福，这样的人毫无阅历可言。

在津田诗织从高塔上一跃而下的时候我就明白了，人类不会飞翔，但人类能飞翔。我是如此大受震撼，我们不能决定如何生，但可以决定如何度过漫长岁月，可以决定如何死去。我们终将得到救赎，或是就这么死去。

很多粗暴的、激烈的观点，愚蠢，但被你听见了，不要把这个时代让给那些人，不能让这个世界充斥着那种声音。因为反抗才会痛苦，阅历往往是感受痛楚，接受痛楚，铭记痛楚，并将这些痛楚转为力量与自我的精神理论。

没人知道，人间的河水，会汹涌成怎样的生命。我们生长着坚固棱角的生命，如野草一般肆意生长在炸裂的大地上，我们辛苦又滚烫的生命从不会燃尽，长风一吹，漫山遍野都是自己。

那些痛楚在我的记忆里是永悬的明月，是无人区的玫瑰，即使破碎了，也被我称为零碎而珍贵的岛屿。

　　被年轻人敬佩和铭记的是永远年轻的年长者，而这样的年长者从不拿阅历标榜自己，他们如水一样融入年轻的群体，听取那些沸腾的声音，释放自己历经岁月蹉跎却从不曾老去的灵魂。

　　这个世界上大多粗暴的文明都是由那些被烈日风干氧化了的"富有阅历"的年长者所规定。

　　让我好好听一听年轻人的声音，让我瞧见自然所养育着的生命。春天被文明掠夺，枯萎在世界里。

洋桔梗

枯萎的花，会有一百种开法。

2006 年初春，苏南地区仍在回春寒中，办公楼的地板和墙面总是蒙着一层湿漉漉的雾，因此我极其不幸地摔了一跤，在家静养时我常因万千思绪无法下笔而愤恨泪流。

行动不便的我，灵感枯竭的我，像极了一台老旧的收音机，因潮湿的天气而生锈，嘎吱作响。

妻子下班骑着自行车途经菜市场，买了一只鸡，还有一束洋桔梗回家。我的妻子年轻时每逢在花店看见洋桔梗总是挪不开步子，我也总会顺着她的小心思，买一束洋桔梗让她满足地抱在怀中。

妻子哼着小曲将那束净白神圣的洋桔梗插进花瓶，从客厅探头对我说："看我专门给你挑的花，洋桔梗可是会带来好运的。"

"哈哈，那我还真是要借你吉言。"我当然知道妻子不是买

给我的，只是顺着她的话哄她开心罢了。

充满墨香味的书法掺进了鲜浓的鸡汤，妻子将汤递上，不一会儿竟把花瓶摆放在了我的书桌上。

我打趣妻子道："难不成真是给我买的？"

妻子眉眼弯弯地说："你猜着吧。"

此后，我每日阅读的时候总会看看洋桔梗，看着它每天变一点样子，皎洁的花瓣逐渐染上黄褐色——它即将枯萎。

亲爱的洋桔梗，你的躯壳即将燃尽。亲爱的洋桔梗，下一世当一轮月亮吧，永远皎洁，永远明亮，永远悬在人的心头。人们用月亮喻思乡，用月亮仅指隐晦的爱，把一切美好用月亮比拟。洋桔梗你呢？只有我的妻子看见你会两眼放光。

　　盛开的洋桔梗不如玫瑰漂亮，凋谢的洋桔梗不如玫瑰漂亮，起码我是这样想的。

　　这天醒来，妻子的洋桔梗低垂着头颅，它彻底枯萎了，它是那样卑微、干瘦以及蜡黄，像是女子常年被油烟熏染，熏弯了腰，熏驼了背，熏黄了脸，熏臭了体香。

　　我告诉妻子洋桔梗已经枯萎，妻子早已见惯了洋桔梗的宿命，从书桌上移走了花瓶，说道："枯萎的花，会有一百种开法。"

　　妻子将干花整理并装裱，挂在了走廊的墙上。早晨洋桔梗蒙着雾气犹抱琵琶半遮面，正午洋桔梗在光辉里盛放，黄昏时洋桔梗在火焰里一席红裙重生，夜晚洋桔梗伴着孤月披上银装……亲爱的洋桔梗，你还有多少模样我不曾见识？你每一次映入我眼帘皆令我惊艳难忘。

　　你的盛放是没有形容词可以赞美的。思来想去最恰当的却是妻子说的那样："枯萎的花，会有一百种开法。"

　　我向来极易被生命的张力所打动，我赞颂青春，赞颂爱与理想，赞颂沸腾和滚烫，唯独忘了赞颂枯萎的盛放。

　　世人皆爱洗涤好皮相，体面登场，认命萧条，互嫌吵闹，只有这一束洋桔梗，吻我沸腾的伤，吻我荒芜的理想，吻我永恒的乌托邦。

　　妻子的洋桔梗，是空白的再现，低垂的挺拔，逝去的永恒，暗哑的乐篇，盛放的不朽。

不服输的蔷薇花

　　蔷薇花独立绽放于墙边，狂风大作，暴雨将至，它没有耷拉下高傲的头颅，只是静静地等待着，它已经充分做好了面对这一切的准备，就算结局无法更改，也不会放弃任何一次能够拼搏的机会，势必要抓住一次机会逆转局面。

　　它从不服输，它从来都觉得"我命由我不由天"，即使叶子被吹坏了，花瓣被雨打掉了，它也绝不会怨天尤人地独自绽放于夜深人静之时，含泪低眉，无语凝噎，轻轻舔舐着叶子和茎秆上若隐若现的星星点点的伤痕。内心没有惧怕，带着义无反顾的勇气去面对生活的坎坷。

　　不服输不仅仅是一种做事态度，更是一种韧劲。中国历史上盛开的蔷薇花数不胜数，头一朵想谈谈的蔷薇花便是武则天。众人对武则天褒贬不一，但任何人都否定不了的便是她所创造的辉煌。她身处男尊女卑的时代里从不服输，从小小的才人成为一代女皇，这是那个年代的女性想都不敢想的事情，而她却做到了，不输于任何男子。武则天当权后，打击门阀，发展科举，对整顿吏治、严惩贪吏尤为重视，"尝与宰相议及刺史、县令"，并派遣"使者以六条察州县"，对于贤才则破格拔擢。同时，武则天还广开言路，注意纳谏，在建言十二事中，"广言路""杜谗口"占了重要地位。这朵不服输的蔷薇花盛开于宫闱之上，不惧世人眼光，在治理国家这条路上干了一番大事业。

其实，人人都可以是不服输的蔷薇，独自绚烂，独自美丽，面对问题不选择逆来顺受，懂得如何在保护自己的同时，又能完成自己的人生进程。总是会听到一些感叹：还没绽放，就凋零在本应盛开之际；还没乘年轻努力拼搏或是用心经历这些那些美好的时光，就在无助的徘徊和等待中老去……人们总是习惯于等待意想中的机会到来，默默地期待着美好的发生，却永远猜不透意外什么时候来临。其实有一个很简单的道理：只要你认为你还在绽放，就算凋零在地上也是最美的姿态，且花粉依然会随着风的方向，向远方散播着种子。只要你永远不认老，就会一直年轻，拥有一颗年轻的心比年轻的躯体更为重要。

只要你不服输，就一直在充满活力地战斗。只要你不低头，不妄自菲薄，自信看向自己，世界看你也仍然是挺胸绽放。只要你不选择放弃，那么谁都无法判定人生结局。人生总是充满艰难险阻，虽说没有九九八十一难，七七四十九难还是有的，而不服输的精神才能支持自己走到西天，取得真经。

《百年孤独》里面说："人生这场旅途里，我们在坎坷中奔跑，在挫折里涅槃。忧愁缠满全身，痛苦飘洒一地。我们累，却无从止歇；我们苦，却无法回避。"对呀，面对生活中琐碎的杂事，我们会疲于应对，或者总是在周而复始地干着没有温度的事情，麻木得像一个机器人般，这时我们的心总是在麻木和挣扎里纠缠，却苦苦求不来一个结果，所幸不再挣扎，就这样认输，就这样得过且过吧。如果你是这样的，我想建议你停下急匆匆的脚步，去外面看一看，看一看你可能从未见过的大海，光着脚漫步在黄昏的沙滩上，巧遇搁浅的小螃蟹，问一声好，海水一浪一浪地打过来，有时会到脚边，有时会到脚踝，有时甚至到膝盖，这时你可以往回走两步，依旧吹着带着太阳余温的暖风，感受头发在风中飘扬，就好像所有的烦心事都随着风一起飘向远方了。也许感受了这样的美好，再面对那些生活的打击，为着心中的美好就不愿意轻易服输了。

人生来不同，但是面对事情不服输的态度却可以相同，若想要做那朵不服输的蔷薇花，那么请记住一定要绽放出自己独特魅力，让一切苦难打败不了自己，即使在破旧不堪的墙角栖息，也不要被生活磨平了棱角，要用不服输的精神对苦难说"不"。

苦难如花，盛繁华

静谧中，不知碧山暮，不觉秋云暗几重，但晓此境如听万壑松。

苦难从不曾离开生活一丝半毫，它默默地潜伏于其中，好似在等待着某一刻时间的来临，让人毫无戒备，渐渐沉沦、堕落于这无尽深渊。没有半点阳光会施舍于此，仿佛置身于暗黑且孤寂的深海之底，恐惧与无所谓的情绪就像是恶循环，一次又一次将人卷入绝境，被荆棘束缚住四肢，每一次挣扎都会感到万般疼痛。这一切让身处深渊的人们渐渐习惯于黑暗，因着不想再次体验撕心裂肺的痛，他们不再挣扎，得过且过便罢了。

我想，其实，也许这绝境只是自己设想的牢笼，把自己牢牢地锁于其中而不自知。这感觉就像是实验中被封存的跳蚤，一次次试错后便再没了面对苦难的勇气了，就算那块玻璃板已经移开，也默认设置似的不再敢多跳高一些，在那固定的高度永无止境地做着无用功。苦难何尝不想放过世人呢？也许你正处于困境，面对着困难，一肚子苦水难倒，或许这段话能给你力量："假如您此时此刻刚好陷入了困境，正饱受折磨，那么我很想告诉您：尽管眼下十分艰难，可日后这段经历说不定就会开花结果。您要相信，无论受过多少伤，身处怎样的灰暗，当下所经历的一切，都会变成照亮您前方道路的灯光。苦难是花开的伏笔，冬天总要为春天作序。"

对呀，苦难是花开的伏笔，有了这伏笔的点缀，人生多了这几分的阅历，就像是花儿需要雨水的滋润，人生也是需要阅历的填充，渐渐地从一个毛头小子变得镇定自如，沉着冷静，处世安然，带着每一次成长的阅历和逐渐坚强的意志，去解决那曾经认为滔天的难题。过后回首，蓦然发现原来最初的自己是那样脆弱，现在的自己已然脱胎换骨，成为曾经遥不可及的人了。我们要相信冬天总要为春天作序，冬天来了，春天还会远吗？人生在世，总是要以一颗坚韧的心去面对苦难的，苦中作乐何尝不是一种豁达心境，有了这份豁达难道还怕苦难常在吗？苦难其实本就如花，为盛开的人生而繁华。正如世人都说，阳光总在风雨后，那美好总是要经过磨难才璀璨。

古语有言："天将降大任于是人也，必先苦其心志，劳其筋骨，饿其体肤，空乏其身，行拂乱其所为，所以动心忍性，增益其所不能。"没有生来的将军，都是从小小的士兵一步一步磨炼出来的。若是能身处苦难且用心体会，有没有一种可能就是，在一次次苦难中，对于苦难的存在和解决已经游刃有余，不再有所畏惧，坦然处之。"穷且益坚，不坠青云之志"，如果天空是黑暗的，那就摸黑生存；如果乌云密布，大雨将至，那就立于那把伞之下，保周身不染淤泥；如果自觉无力发光，那就厚积薄发，暂伏身于有光照耀的墙角。但是，千万不要习惯于身处黑暗就为黑暗辩护，为自己的沉沦开脱，不要为自己的苟且而沾沾自喜，这并不是生存的意义所在。有光的人生本就该是璀璨绚丽的。更不要轻易去嘲讽那些比自己勇敢热情的人，你以为的不屑一顾，其实只是弱者惯用来安慰自己脆弱心灵的伎俩，只会更让自己显得格格不入，甚至落入吃不到葡萄说葡萄酸的境地，若是自己也能够更勇敢热情些，也许一切都会变得不一样。

　　苦难如花，每个人只需要在那片花海中坚韧且勇敢地经受住多变的天气，或是风雨大作，或是晴空万里，或是烈阳灼热，只需要静静地坐在那片花海中，安之若素，淡看风云。亦可独自喜乐，此心与群蝶相伴飞舞，在风里唱着若有若无的歌谣，只要第一处寒冰开始破裂，那么春天便已然到来。请永远相信苦难是花开的伏笔，冬天总要为春天作序。

那抹绿在窗外

　　若是在异乡，那抹窗外的绿如李白诗里的月，抬头观月思乡，低首嗅香释然，世人都知道月亮常亮，却不知那抹绿总郁郁葱葱。

　　远在异乡的人也许最怕的就是心无归处，人心其实就像是小王子所在星球的那朵玫瑰花，表面看上去坚强，其实却又是那般脆弱，甚至一触即破。而人们往往更愿意相信眼见即为事实，不太愿意留一点时间去听一听流浪者的故事，不愿意停下那急匆匆的脚步，也许偶尔在室外等待地铁时，才会施舍自己看向远方那抹绿的机会。那时，呼吸一口清新的空气，向山的方向远眺，充盈视野的全都是那抹绿，但这样的时候少之又少了。对呀，那抹绿可没有视频里的那般眼花缭乱，没有耳机里的旋律来得美妙，因此这点时间也被莫须有的借口给霸占了。久而久之，窗外那抹绿心灰意冷了，静静地待在远处不动声色，放眼望去那湛蓝的天空渐渐暗黑下来了，匆匆行人并无所谓，拿出早早准备在包中五颜六色的伞，那抹绿默默地叹了一口气，低下头颅不愿瞧见这般场景。

那抹绿也有自豪的时候，被人们留在了窗边，几抹绿相互陪伴着，偶尔枝头的鸟儿也会来窃窃私语一番，看着房屋里人们的温馨，那颗心就好似有了归处，喜悦的情绪向着远方张扬。有时，房内的人也会在某个深夜注视着那抹绿，眼中映射着台灯暖色的光影，隐含着太多的情绪。这时它会默默地陪着这个和它一般的人，它想着，所有的绿都是心里情感的缩影，想当初在那个偏远的小乡镇，它也如现在这般静静地守候。我想这抹绿是天真纯粹的，像极了那水中月，于我也是不一般的，我常常会在提笔之际瞧瞧窗外的那抹绿，久而久之也会心系于此，看着那抹绿，绿得如此清透，绿得使我如同那年夏天在树下吹着清凉的风那般惬意。这抹绿陪着我的时光是静好的，同样这抹绿也是与众不同的，原因大概是我时常观望吧，就像是小王子给那朵玫瑰浇的水和施的肥。

每当黑夜来临时，视线中的绿模模糊糊了，被黑遮住了大半，要费劲睁大眼看，或许还能再见本色，那时它显得很陌生，和所有的绿都一样了，像是没有感情的一样了，看久了，心里的满会在恍惚中变空。我常常想或许心中本就是空的，满反而是假象，这类问题我从不会去较真，因为心底害怕，我会有意识地忽略，后来想想或者万事准则便是如此，甜和苦就如同太极的两仪，相辅相成，安然共存于世。"菩提本无树，明镜亦非台，原本无一物，何处染尘埃"，再次看着黑夜中的那抹绿，心渐渐定下来了，绿本就是绿，即使身处于黑，本心依旧是绿。

倾心绿色，每当在雨中，看着所有的色彩都融化在湿淋淋的嫩绿之中，惬意与笑意就油然而生了。看那抹绿绿得耀眼，绿得透明。这清新的绿色仿佛在雨雾中流动，流进我的眼睛，流进我的心胸。这雨中的绿色，在画家的调色板上是很难调出来的，然而只要见过这水淋淋的绿，便很难忘却。我怀念着绿色，如同鱼盼等着雨水。我想的是，那抹绿若是能长留心间才好。虽说它也是有成长过程的，从刚开始的嫩嫩的绿缓缓向着成熟的绿，紧接着绿得越发诱人，若是以蓝天作为背景陪衬，那抹绿便会得意得抑制不住自己。如果有一天那抹绿从我的生活中消失了，无论菩提，无论明镜都抑制不住我内心的悲鸣，那是一种深深的向故地发出的情绪，是那段特别美好却已经永远回不到原地的时光。虽说一路行走阻挡不了对故地的思念，就像时常观望那抹绿好似就能体会到逝去时光的美好，即使走在一段路上，也想要迎着风站在悬崖之上肆无忌惮地笑，那时看着满眼的绿意，心里念念不忘的或许还是窗外的那抹绿，因为，那抹绿如此不同。

何为公平

　　和朋友一起吃酒，聊起孩子，有的孩子凭借自己寒窗苦读，上了好高中、好大学，然后找到了一份还不错的工作；而另一些孩子，高中、大学学得一般，但凭借家长的关系，一毕业就能获得很不错的工作。说来让人摇头叹息。

　　我一个朋友说："这真的是太不公平了，只要有关系就能不劳而获吗？"

　　另一个朋友则不以为然："我反而觉得这很公平。有句话说得好：凭什么，你想通过十年寒窗，比过别人三代人的努力！别人父母的资源也是父母辛苦打拼的结果。"

　　我不由得陷入沉思，似乎两种观点都有一定的道理，那么公平究竟该怎么定义呢？只看学生个人的努力是否不够全面，考虑父母的因素是否属于代入了不相关因素？

　　首先，公平是一个群体概念，单独一个人无所谓差别，也就无所谓公平。是否公平，这个疑问存在于多个主体之间。公平包含多重要素，但我认为，机会公平和规则公平至关重要。

机会公平是参加某种活动的权利公平，如适龄儿童接受义务教育的机会公平，就是适龄儿童接受义务教育的权利公平。机会公平出现在机会稀缺的情况下，即机会成为稀有资源的时候。这时候，如何分配机会保证机会的公平，就需要规则公平登场。

换言之，机会是一种权利，如何获取权利应当由相应的规则来支配。例如，公务员职位也是一种稀有资源，哪些人才有参加公务员考试的资格？这也是由相应的规则来配置或赋予的。凡符合规定者都有参加考试的资格和机会。这也就是说参加某种活动的机会或权利，应由相应的规则来分配。

由于机会公平以规则公平为基础，规则的公平对于机会的公平就举足轻重。不公平的规则必然破坏机会的公平。

在机会分配的过程中，规则公平对机会公平的作用，具体说来就是保证人们参加某种活动的准入资格平等。也就是说，在相同的规则下，满足同样条件的所有人应当享受同样的权利和履行同样的义务。例如，公民有纳税的义务，那么符合纳税标准的所有人都应当纳税，不纳税或者不按标准纳税均是不公平的。

回到最开始的争论，父母"找关系"给孩子找工作虽然很常见，但并不公平。首先，父母努力付出，并不一定非要落在"找关系"上才算有收获，更好的物质条件、更好的资源等等都是父母付出带来的优势。其次，对于人事任命，企事业单位有着相关的章程和要求，"找关系"得来的工作，并未经过单位正常的人

事筛选流程。这不符合规则公平的要求，更不符合公平的要求。

　　诚然，我们这个时代的许多方面并不公平，但相比以前，我们的社会的公平已经做得很好了。对于公平的追求永无止境。希望，我们的社会可以越来越公平，每个人都可以在公平的环境中激起拼搏的斗志，全方位激发潜能，实现自身价值。

让人生起波澜

"我总觉得大多数人这样度过一生好像欠缺点什么。我承认这种生活的社会价值，我也看到了它的井然有序的幸福，但是我的血液里却有一种强烈的愿望，渴望一种更狂放不羁的旅途。我的内心渴望一种更加惊险的生活。"每个人都是这样，渴望现世安稳，又厌倦死水一般平静的生活。

一个人就是一个激进与保守的集合体，向着自己认为正确的方向前进。平静有平静的可贵，波涛起伏也自有它的魅力。每个人都应该有选择的权利，无法评价这两种倾向孰优孰劣，只能评价是否适合。

一条平静的小河，蜿蜒流过绿茸茸的牧场，与郁郁的树荫交相掩映，直到最后泻入烟波浩渺的大海中。并没有什么错，但是你会感觉似乎缺少些什么。

《月亮和六便士》主人公查理斯·思特里克兰德几乎放弃了

自己的所有，别人羡慕的安逸、名利、爱情、亲情，一门心思去画画，这是正常人所无法接受、无法理解的。

查理斯·思特里克兰德究竟是一个怎样的人？他抛弃了没有做错任何事情的妻子和儿女；有个画家悉心照顾他，理解他、帮助他，他却嘲笑、讥讽画家，抢走并害死画家的妻子。查理斯·思特里克兰德足够无情，他似乎不会为了别人而改变自己的决定，从来不在乎别人如何评价自己，无论是一个人还是一群人。

那么他是一个邪恶的人吗？我却很难将邪恶这种评价加在他身上。他的冷漠与绝情似乎远非通常意义的心思狭隘、损人利己，查理斯·思特里克兰德更多的是一种对于这个社会、这个世界进行足够理性的思考之后，发现种种情感、种种道德其实是对自己灵魂的束缚，对于自己想要追求的美的阻碍。慢慢地分析这个人物，我发现他身上更多的是一种神性。他像一个流浪人间的神，平静地看着人间种种。

查理斯·思特里克兰德像是极致追求梦想者。普通人总会因为种种原因而让自己妥协，而查理斯·思特里克兰德则可以理性地控制自己，压制自己的感情甚至舍弃自己的情感，而不被世俗裹挟，也不被世人影响。

我们这些人可能永远做不到像查理斯·思特里克兰德那样抛开一切，毫无顾忌追求自己心中的美。但是我们又怎能一直妥协，以各种各样的借口搪塞自己、敷衍自己？我们无法成为查理斯·思特里克兰德，但我们可以从他身上汲取一些向梦想前进的动力。

　　每个人确实都应该为了理想，为了想要的生活好好努力。放弃一些物质享受，放弃一些安逸，放弃一些无用的感情、无用的关系，让生命更加有波澜、有意义，而不是平静如死水一潭。

让生活轻松一点

　　生活中总是有一些小的不如意、不顺心，若是及时解决，就像风中沙砾似的，风吹过后，无影无踪；但若是一点一滴积攒起来，就会变成卷成一团的毛线，解开一个结，另一个结更紧，甚至多了更多的结。所以说生活中遇到问题要及时解决，就如毛线有一两个小结的时候很容易解开。

　　这个世界上许多人教我们如何面对天灾人祸，告诉我们面对人生的灾难要积极乐观，却鲜少有人告诉我们生活的小小的不如意是人生常事，也鲜少有人讲这些烦琐的问题如何化解。可是，往往不是大的灾难击垮人，反倒是因琐碎小事情积攒起的负面情绪让人崩溃，让人消极不知所措。

　　早些时候，我很喜欢这样一句话：负面情绪就像黑暗一样无法驱赶，只有照进光来。我是这样理解这句话的，当负面情绪来临的时候，找到导致负面情绪的原因并不重要，而是要找到能让

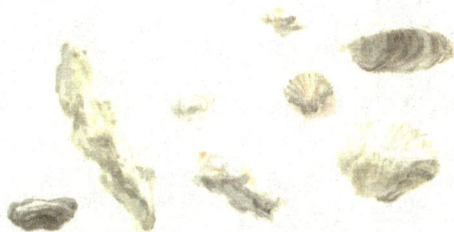

自己快乐的事情。于是，我去跑步，打篮球，听歌，散步……似乎效果很好，负面情绪一会儿就消除了。我的"病"似乎好了，但可惜，治标不治本，下次遇到同样问题，负面情绪变本加厉袭来。就像吃了治病药，病没好，抵抗力也没有恢复。

故事重演。慢慢积攒，不开心、不痛快越积攒越多，直至内心无法承受。

老话说：吃一堑，长一智。我没有"吃一堑"，自然谈不上"长一智"。逃避并不能带来成长，直面问题才能战胜问题。经过慢慢地积累经验、总结方法，如今，我找到了能彻底消除负面情绪的办法。

首先，要学会接纳负面情绪。我们是正常人，遇到不好的情况，自然会痛苦、会沮丧，要允许自己犯错，允许自己有不好的情绪，接受自己的缺点。其次，不要对别人有过高的期待。这些是你无法控制的，每个人都有自己的想法和做事的标准。我们都是凡人，不是圣人，都会有缺点，也会有不明智、不理性的一面。

　　然后，理性思考为什么会出现这种情绪。找到问题的根源，才能解决问题。即使暂时不能马上解决问题，但是找出了原因，我们就不会胡乱猜测，自我否定，有了努力的方向，日后再来慢慢解决问题。

　　最后，彻底解决当下的负面情绪，杜绝负面情绪积攒。引起情绪的，是我们对事情的看法、评价、想象。关注事实，而不是把自己对一件事情的看法、评价和想象当成事实。大部分时候，事情并不是你想象的那样的，或者说并没有那么糟糕，只是因为我们内心的想法，把自己搞得心烦意乱了。改善自己的认知，发现积极的一面，重新建立评价体系，转换看事情的角度。比如，从第三者视角、客观视角来看待一件事情，关注客观事实，从积极的方面去思考。

　　按照以上的步骤，反复练习，慢慢地我们就能更加从容地面对、消除负面情绪，将引起负面情绪的问题连根拔出。彼时，我们将生活得更加自在、愉悦。

如何面对生命中的灾难

抽空去看了《送你一朵小红花》，它讲述了两个抗癌家庭的故事，直面并探讨了每一个普通人都可能面临的人生难题。当灾难落到头上，无论是癌症和其他疾病，抑或是其他的天灾人祸，对一个人或者一个家庭的打击都是毁灭性的。个人除了接受也别无他法。

以癌症举例，患者忍受病痛的折磨，家人承受打击。一个家庭的面貌可能瞬间就发生变化。花一堆钱一堆时间去博一个希望，而这种希望往往渺茫，最后难免是人财两空。

电影中让人感动的是，在这种逆境中，整个家庭拧成一股绳，大家齐心协力，为了抗击病魔而站到一起、抱成一团。这种情况在电影外也很常见，往日经常吵架的亲人因为病情拧成一股绳，一起去面对疾病。是病魔增长了相互之间的感情吗？显然不是，只不过是之前被其他的事情遮蔽了双眼，忽视了珍贵的情感，而在病魔来临时，被掩盖的感情露出了水面。

电影中，说在另一个平行时空中，癌症病人会变得健康，分开的人永远在一起，一切都会有一个更好的结局。同样，我们现在所有的不幸与苦难可能在平行时空中会有完美的解决方案和皆大欢喜的结局。那么，换个角度来说，我们现在的生活未必就不是某个平行时空所深深期盼、暗暗祈祷的。我们现在的一切可能对他们来说已经是一直期盼的更好的局面了。

这种比上不足比下有余的经历，是不是似曾相识？对啊，就是我们现在的人生啊！别人的生活有好有坏，正如平行时空的我们有好有坏。同样的是，有比较的过程，但并无比较的价值。平行时空的生活抑或是别人的生活无论好坏于我们除了心灵的盼望和幻想，并无影响。

我们自己正在经历的生活本身有着不因外物改变的价值。同时，生活的价值不在于比较，而在于本身拥有的，不因为比较的对象改变而改变。无论何种生活，都有我们值得珍惜的东西，万不可拥有的时候忽视而失去了才悔之晚矣。家人真挚的感情无论是否遭遇病痛灾难，本身就存在，本身就熠熠生辉。正因如此，我们要珍惜当下。并不因为它没有显示出来而忽视，我们应主动发现，积极珍重保护。不要总是与别人的生活对比，与幻想中的生活对比，而应踏踏实实珍惜已经拥有的，面对该面对的问题，一点点经营，一步步克服问题，把自己的日子过得潇洒自如，这才是真正的生活之道。

不积跬步，无以至千里

"不积跬步，无以至千里；不积小流，无以成江海"出自荀子的《劝学》。学习的最底层的基石就是坚持，在每一次、每一天的积累之中渐渐领会和掌握各种各样领域的知识。其实坚持不仅仅是在学习中，在生活中亦如此，持之以恒，方可成事。

完成一件事，就好比画一幅画，坚持就是作画的原料，没有了坚持，一幅画是完成不了的。我想到那曾经楼角很偏僻的地方有一处石缝，就是在这样一处毫不起眼的石缝当中，在风吹日晒中，一株小草缓缓倚着坚硬的石头努力地往上攀长，好似它也明白只有坚持不懈地往上爬才不会被掩埋在这漆黑一片的石缝里。心里若是长出个太阳，到哪里都能发射出光芒，而这耀眼光芒背后不容小觑的是那颗持之以恒的心，就算是被这炙热灼伤，也不愿放弃那心中的光，坚持着且坚守着。那株小草大概也是明白这个道理的吧，所以即使外在环境如此恶劣，也动摇不了它努力生长的心。

坚持，说起来简单两个字，做起来却是千般万般艰辛。商鞅变法赫赫有名，可熟悉历史的朋友就知道他的下场是悲惨的。其实，我也思索过一心一意为国之繁盛而变法的商鞅，以一种怎样的心境去面对五马分尸的结局，他是否预料到自己的结局？司马迁是这样评价他的，"商君，其天资刻薄人也"，王安石也曾为他附言，"今人未可非商鞅，商鞅能令政必行"。也许，这也正印证了《史记》里的那句话："狡兔死，走狗烹；飞鸟尽，良弓藏。"我想商鞅是以一种红牛断角的痛苦游荡在深渊里，但他始终坚持着自己，尽管前途布满荆棘，内心也明了的如向阳而生的葵花，即使知道夕阳终会落下，绚烂终将凋零，但哪怕为着短暂的光明也要不顾一切疯狂生长。守候在汨罗江边的屈原依旧如初，众人皆醉我独醒的态度感染着世人，"亦余心之所善兮，虽九死其犹未悔。"不被君王所理解，自己的忠心无法被看见，那汨罗江边的风是不是寒冷刺骨的呢？我想也只有屈原才能知晓，但众所周知的便是忠诚就是他亘古不变的坚持。也许坚持不一定能成功，但是不坚持却很难成功，天赋异禀之人总是万里挑一的。

更多的时候，人们总是半途而废，理由很简单，要么是过程艰辛，要么是预期结果不在能承受范围内。说服自己放弃的理由千千万，而坚持下去的理由往往只有一个，所以坚持是更难的，就好比在新时代的女青年都希望能拥有魔鬼身材，把减肥常挂嘴边，但要不就是减肥事业一直未开始，要不就是在几天艰辛的训练之后由着惰性而一步一步放弃。这情况司空见惯吧，因为没有坚持下去的毅力，那些酸痛感和劳累都是这条路上的绊脚石。不能一直盯住明确的目标，那么行程只会越来越慢，最后变得遥遥无期，正所谓：最慢的步伐不是踮步，而是徘徊；最快的脚步不是冲刺，而是坚持。所以在这年华里，用力去坚持自己想要坚持下来的事情，无论多么艰辛，无论要流下多少汗水，都请不要放弃。

一个人，一座城

　　我爱上了一座城，如林徽因说过的，这座城里有我心心念念的人，所以，爱上了它。

　　这座城，于我而言，看似遥远却又离得很近，它的名字总是在我的耳边出现，甚至萦绕心间。也不知道需要多少的朝思暮念才能换来它的顾盼流连，不过好在，我来了，来到了这座城市，我梦中的——成都。

　　慵懒，不知为何，第一印象，也就是它了。一切都是缓缓的，轻轻的。走在成都的街头，见过车水马龙，川流不息，但却抹不去它那久经岁月积淀的静谧与安闲。

　　看似古老，却又年轻。第一眼，就沉醉在了这座城的风华中，山水朦胧，人情相绕，这座城，总是让人心旷神怡，想要来一探究竟。

　　想一想，成都早已在这片土地上扎根千年了吧。于它而言，我们不过只是这座城的一个过客，不管停留多久，终究要离开。几千年的沉寂，几千年的低喃私语，却没有人去倾听。轻轻地去探访它，寻求那一方古老。如果说成都是一杯香醇的美酒，那么早在千年前它就已被埋在地下尘封，待后世将它开启，酒香四溢，醉了无数个旅人的心房。

有人说："每个人心中都有一座《成都》。"

夜深人静时，灯火阑珊，一曲清脆的吉他轻轻响起，赵雷，这个看似普通但却满含忧愁的男子，抱着那把吉他在异乡唱着旧梦，一首简简单单的民谣，数不尽的乡愁。"让我掉下眼泪的，不止昨夜的酒，让我依依不舍的，不止你的温柔。"这些"不止"中，有他对这座城市的眷念与深爱，浅吟低唱，这一路不管要走多久，也不管将要走去哪里，终究也走不出心中的这座城了。想要去寻求一方自由地，但是却舍不得离开，这大概就是他所挣扎的吧。在这座城中每一个飘雨的日子，都留下他的身影，从来都不曾去忘记，从来都不敢去忘记。

不经意之间，就来到了小酒馆，来到了赵雷口中那个让人魂牵梦绕的地方，只一眼，就爱上了它的朴素，不惊艳，但却让人难以忘记。小酒馆，真的很小，没有华丽的装饰，没有喧闹的人群，有的，只是清幽与宁静。它待在那里，独守着最后的一份淡雅，等待着每一位落寂的旅人走进去，听他们倾诉所有的心事。人烟散尽之时，它悄悄地打了烊，就当一切不存在一般——因为要走，要离开，所以才被称为旅人，所谓的倾诉，也不过只是想找一个心的归属罢了。飘荡久了，就不知道该去哪里寻找归宿了，或许成都，带不走的，只有你吧。真的要辗转许多地方，才会将他乡打上故乡的烙印。兜兜转转了几十载，也没有去过更远的地方了，不过只是途经了一些城市，停过脚步，眼光也为它们流转过，就自动地将它们化作了心尖的几分流光，成了内心深处的记忆。十八岁，成年了，独自一人走向成都。

还是第一次，能被一座城市完完全全地吸引住，美景，美食，还有美丽的人。民风朴素，很少有人恶言相向，这里的一切，都充满了温暖。我仍在思念那个被我称为故乡的地方，但是，却不想离开这里。我知道，总有一天，这座城也会成为我的故土，成为我的回忆。但是，那又怎样，至少我现在还在这里，还在为它而歌唱，轻轻地，悄悄地，偷偷地，爱着它。

从前，关于这座城，不过是道听途说。现在，关于这座城，是内心深处的感知。每一座城市都会留有自己的一份纯净，让人不忍去亵渎。所以我为它洗净了铅华。

我想来这里遇见真正的杜甫，重返那个诗意的王朝。不知怎么的，不自觉地来到了草堂，然后，看到了"诗圣"的一生。他描画了那个朝代的兴衰，也描画了他自己的悲欢，一心爱国，执着一世，可终究，世间繁华都与他无缘。于是，他随时光的流水一起逝去，成了天边那颗最耀眼的星星。

岁月翩跹，匆匆老去，那些前尘旧事，都随风化作了尘埃。现在，也只能去看看草堂前盛放的娇花，或者，走进屋，看那一桌、一椅、一笔、一纸，就勾画了这位伟人的所有，成了无数人的千古绝唱。

那位真正的杜甫啊，一生宛若一首诗，一曲词。一座桥，沟通了古今。一座城，写满了情愁。

每一座城，都是归属。

每一个夜，都是梦境。

夜幕降临在成都，霓虹灯闪烁，灯火纷杂，散发着浓浓的魅惑。路上，到处都是闲散的行人，来来往往，偶尔攀谈，偶尔玩笑，恬静而又繁华。

古朴的城楼，华灯初上，从那典雅的窗纸洒落橘色的灯光，温暖而又明亮。就着这夜色，小桌轻椅，无论是茶还是酒，都满上一杯；若有茶，则香满余生，肆意缭绕；若有酒，则醉了流年，任心沉迷。

这一片夜幕，终究要比我见过的每一处都好，没有拥挤，没有吵闹，它像是梦一般，不染纤尘，淡雅脱俗，也只有到了夜晚，才能真正感知这一座城究竟有多璀璨。

夜半更深，人休息了，城市也睡了，一切都是静静的，一切都将安然入睡。有人说，真正爱上一座城市，就忘不掉了。这座城中，有我深爱的人和一去不复返的青春，所以，难以割舍。

"总有一天，我会从你身边默默走过，不带任何声响，我错过了很多，我总是一个人难过。"总有一天，我会远去，穿过这座城，然后别离。

听我的 1997

　　一年前在逛图书馆的时候，我要的书缺货，于是，随手拿起一本书，其中有这样一段有趣的文字：

　　"我渴望有人至死都暴烈地爱我，明白爱和死一样强大，并且永远地站在我身边。"

　　我恍惚地走在我的故土上，这里冬季的风吹起来不似他乡的刺痛，我甚至在凉意中感到温柔。这里是成都，这里与赵雷的歌有所不同，这里没有那么浪漫，反而开阔平坦一眼望不到边，让人心生自由。正如美利坚人人歌唱加利福尼亚，成都也是大多数人所向往的"东方加州"。

　　眉上风止，我已觉得人生过半，三十岁之前我也渴望暴烈的爱，没错，热烈已不足以形容我的感受，我渴望倾其所有爱别人，也希望别人的回礼是同样令人兴奋的。三十岁之后，那种"爱你就像爱生命"的观念荡然无存，我越发信奉自由，我想踏遍世界的每一寸土地，我想见证朝圣路上相爱的灵魂，城市已然压抑着我，压抑着太多的人类本性。

抬头，我不能呼吸。

但无论如何，生活是合理的。生活没有十四行诗的浪漫，没有太平山顶的余晖，没有梧桐满城。它仅仅是个叛逆的孩子，同时慷慨，好的坏的一并洒入大地。

对于自己已经四十岁这个事实我此刻有些许错愕，成都还是那个成都，1997 年的夏天一去不返，我曾经对爱的妄想，经过了二十四年的冬天，仍然是炽热的，可我不能再说了。我不再渴求少年暴烈，我喜欢后半句"永远站在我身边"，万物都欲言又止的时候，我想站在你身边，站在永恒身边。

我此刻又不觉得这个年纪谈情说爱是罪过了，你看王小波，看林徽因。我期待这样稳重的生活与爱人，但我又厌恶。深夜辗转的时候，深入梦境的时候，我才能重温那风华正茂的十六七岁，重温白衬衫与自行车，重温周杰伦的时代。每个中年人心底总是会被青春触动的，看着常青树下吵闹着跑过去的学生，看着十指紧扣从锦里出来的情侣，这是我不能诉说的、欲言又止的、对生命力的向往。

这也是岩井俊二可以成为经典的一个重要原因。那种过期的共情，那种记忆深处的某年夏天的风，吹过了谁的发梢，吹过了谁的衣领，吹来了皱纹，吹来了沧桑。他太善于用遗憾来治愈人心了，情书的遗憾，莉莉周的遗憾，都影响过我很长一段时间。

因为，他的作品很好地诠释了爱和死一样强大，没有至死不渝，只有平淡赴死，津田诗织和藤井树的死便是如此，却令我久久不能忘怀——死了，平静而强大。

不会死亡的生命没有意义，不具备毁灭性的爱情不是爱情，凡是有极端面的事物，往往震慑人心，往往令人着迷，明明知道拿捏不好分寸便会被反噬，也有人要飞蛾扑火。世间哪有什么黑白善恶，对我而言找到平衡点才是正确。

生命的意义，爱情的意义，谁说得清楚呢。大概村上春树的这段话可以较好地概括：

"一切都将一去杳然，任何人都无法将其捕捉。"

"都一月了，外面的树还是绿色。"我的友人随口说了一句，其意我并未猜透。

"常青树嘛。"我笑道。

"还是南京的梧桐漂亮。"她接着说。

"那金陵漂亮的不是梧桐，是有人对梧桐夫人的爱。"

友人笑，眉眼温柔，唇齿明艳。我感叹着："你还真是不会老。"

从 2000 年开始我便只来这儿喝咖啡，曾经友人总说常青不如梧桐漂亮。分明是常青漂亮，她不知，她从 1997 开始便是常青。

你听，大洋彼岸的蝴蝶正朝着南方的冬天扇动翅膀，扇来了风，扇来了 1997 年的夏天。

旧事之老改

想起几日前老改的电话，心口依旧是闷闷的，无处排遣，总想写些什么，却又无从下笔。

我遇上老改的时候，也就十八九岁的年纪，那时，还有几个好友，日日厮混在一起。

说是志趣相投，其实只是年少贪玩，喜欢聚在一起，浑天浑地，也做过很多荒唐事，不过大多是些无伤大雅之事。

年轻时期的快乐是纯粹的，是一种无所事事却又自得其乐的快乐。

老改在我们一群人里，年龄最大，那时已有二十出头，他是北方人，一直不习惯我们南方的潮湿闷热，但却就这么在南方待着。待着待着，我们也就看出了苗头，他老爱在街东边那家汤圆店门口晃。

等我们看明白了，一群人就闹着赶着往汤圆店里去，三五个人就点上一碗汤圆，也不吃，只是闹哄哄的。

闹着闹着，厨房里就钻出一个姑娘，她一双乌黑的圆眼睛瞪着，冲着我们喊道："做啥子！"

我们就会集体不作声，齐刷刷地看向老改，老改面红耳赤，只是憨憨地笑。

其实，汤圆店的汤圆味道也很好，汤圆个个皮薄却又十分软糯，轻咬一口，丝毫不粘牙，细腻的黑芝麻馅儿就从小口里溢出来，加了荤油的馅儿甜香四溢，唇齿留香。

再瞧一眼那下汤圆的姑娘，唇红齿白，黛眉似画，一双圆眼更是玲珑透亮，像含着秋水，这口中的汤圆就更甜了。

我们都知道老改喜欢这姑娘，也一起起哄过，但老改从来只是红着脸，冲我们说"别闹"。

去的次数多了，老改也和人家熟络起来，人多时，会帮着招呼客人，连带收拾桌子。

可自始至终，老改都没和姑娘说过一句喜欢她。

那个年纪，我也有喜欢的女孩，我不像老改，我觉得喜欢就要争取，即使遍体鳞伤，依旧要大胆示爱。

但是这喜欢来得快，去得也快，我以为老改也是一样。那汤圆店的姑娘，纵使像一朵嫩得能掐出水的花儿，可是，男人么，得不到那就换下一个，还是得潇洒一些。

到后来，我们都认为老改对那姑娘感觉淡了，跑的趟数少了很多，自是也不再提。

南方的冬天到了，冷得厉害，是穿着层层厚衣依旧抵不了的寒。汤圆店的生意却热得很，一茬一茬的客人，在冒着腾腾热气的店里，吃着热乎乎的甜汤圆。

老改又往那店里跑了，憨憨地笑着招呼，那姑娘甜甜的笑在热气氤氲之中，愈加动人。

然而故事也是没有下文了，来年春天，汤圆西施走了。我们几个没有人唏嘘老改的爱情，毕竟老改也未曾和我们提过他喜欢汤圆西施，只是那家汤圆店，味道不错，我们依旧常去。

年轻时候的爱情，开不开口，好像都无妨，它好像是有过，却又像从未来。

不知老改会不会也和我一样，想起那段时光，二十来岁，无所事事，却又满心欢喜。

比成绩更重要的是成长

　　大家是否听过周武老师的"第十名现象"？就是小学期间的"尖子生"在升入初中、高中、大学乃至工作之后，有相当一部分人会"淡出"优秀者的行列，而许多成绩在第十名左右的学生在以后的学习和工作中竟有非常出色的表现。

　　有一个真实的例子，诺贝尔物理学奖获得者朱棣文上学时成绩徘徊在十名左右，而他的哥哥朱筑文成绩则一直是班级第一名。参加工作后，朱棣文当上教授时，哥哥才是副教授，在他获得诺贝尔物理学奖时哥哥才当上教授。爱因斯坦说："当一个人忘掉了他在学校接受的每样东西，剩下来的才是教育。"所以比成绩更重要的是一个人的成长，而这样的教育，除了老师，那就是家长来做了。

　　成绩与孩子的未来发展是不能画等号的，只重智育而轻德育的做法仿佛是在培养"毒品"。有句话说"有德有才是上品，有德无才是次品，无德无才是废品，无德有才是毒品。"在我们现在的社会当中，很多父母都会非常关心孩子的成长，从小给他们报奥数、英语、作文、舞蹈、绘画、钢琴等各种各样的培训班，可结果往往是相反的，孩子会因为忙于学这些东西，失去了童真、童趣和快乐。其实在很多时候，盲目学习比不上父母的以身作则，让孩子健康、快乐、自信、有爱心、有童趣地成长与发展，比什么都重要。

每个孩子的学习能力不同，兴趣爱好不同，个人潜力也不一样，不能"赶鸭子上架"。学习只是学生生活的一部分，作为父母，不能过分地、片面地要求孩子们的学得多好，成长比成绩更重要。与学习成绩比，孩子的心理健康与全面发展更重要。特别是现在孩子的学习压力大，社会大环境也影响着我们这代人的观念。抑郁、自我封闭等心理甚至精神疾病，与父母的教育方式有很大的关系。

成长需要过程，孩子的世界总是单纯美好的，成绩只是衡量孩子文化知识积累与发展的一种手段，并不等于孩子成长的全部。现在的社会需要复合型、高素质的人才。作为家长，应该理性地思考孩子的成绩与成长的关系。

学生之所以学习压力大，就是因为家长过分关注成绩而忽略孩子的全方位成长。如果家长能换位思考，关注小孩的成长而不是成绩，着眼他们的全面发展，对孩子更宽容、更理解些，孩子就会更快乐，发展就更平衡。成长是个不轻松的话题，但是孩子的成长可以是轻松快乐的，成长需要梦想、友谊、兴趣、快乐、勇气，不露痕迹的教育方式才是孩子最乐于接受的。

幻

过去是一片可怕的汪洋，我究竟要怎样才能摆脱回忆的桎梏。

或许那个盛夏早已经随流光汇入太平洋，可如今为何有几个恍惚的身影仍游荡在我窗扉？我在喧嚣后的回声里，寻觅着踪迹。

打开过往，回忆不断播放，才发现曾经的一切那样美好。那时，你我扎着高昂的马尾踱步在洒满金光的大道，青春的裙裾在风中无限摇摆，你喊着我亲昵地从背后将我环抱，微笑就这样肆意地在阳光下蔓延。那时，欢笑似乎填充了一切，连空气都吸吮不出半丝阴凉。但美好的岁月总是如此匆匆呐！记得那年盛夏，阳光正好，微风不燥，我们携手走上归乡的小路，也是那个日子，我们在长满黄星的岔路口挥手告别，竟不知那个回眸就成了此生定格的画面。无数次，我梦见那双眼眸，无数次仿佛你就在眼前，还是扎着高昂的马尾，还是你那件褶皱了仍旧不舍丢弃的裙衣，我还能看到你笑靥里的那朵花儿，一如既往的模样。可每当我伸出手想要用指尖触碰时，一团凝聚的冷空气就会扑面而来，在风的摇曳下，我被不断吸入黑暗。梦，初次清醒。

街道上挤满了虚荣，我拼命寻找藏身的一角，从朝阳走到明月，我被这座城市的灰尘捆绑，难以脱身。在这世俗的人世里，我是如此渴求一双真挚的眼睛、一个热情的拥抱。可生活的刀刃为何如此锋利，残忍地将我们分开？这让我突然领悟到龙应台女士曾经说的：人和人的缘分就是今生今世不断地在目送他的背影渐行渐远。有些事，只能一个人做；有些关，只能一个人过；有些路啊，只能一个人走。

唉！早知道这一切都是痛苦的深渊，我又何必眷恋着那些箴言？曾经信誓旦旦的话语如今又被弃入哪个深穴？它像一支古老的木门闩，在岁月的磨蚀下逐渐失去它原有的光泽。盛夏呵！你流转了如此多个年头，为何不能歇停一瞬？即便有我觊觎的一丝暖意浮现，那也好哇！幻想着呵。一切都会被现实击溃，再缱绻的情谊也抵不过一声短短的再见。朋友呐，如今的你脑海里是否偶尔会闪现出一幅有关我的画面？是否还记得我们携手走过的那段短暂岁月？是否还能呼出我的小名？我不知道，我也不敢保证你我的默契是否会被岁月保留。也许你身边已有了新的同行者；也许你如今很幸福，不愿回忆起那段过往时光；又或许你被生活打磨得不像自己，和我一样被困在回忆里：我仍在幻想着这些虚幻的事物。

人生如常，难耐呐！沉睡在喧嚣里久了，痛苦便会慢慢淡去。

我想，如果喧嚣的回声不像今夜这般冗长，那幻境便不那么遥远。朋友呐！愿你莫在回忆道上寻不到来时的方向。今夜，就让我在来时的路上越飘越远。

闷

　　阴沉的午后，敞开的房门不知从哪儿透射入一缕微光，将口含呓语的梦人唤醒。是神祇的蔑视？乜斜着紧裹被褥久久不肯起身的少年。或是上帝的警示？让阴郁半生的喑默者将堆砌已久的悲愤化为尘土。沉闷了一天的烟霭，沉闷了一天的苍穹。沉闷的大地载着沉闷的人群，沉闷的人群徜徉在沉闷的陋巷，沉闷的陋巷被沉闷的雨水洗礼。沉闷的河流淌入沉闷的大海，沉闷的大海在沉闷的夜里寻找着沉闷的远方……一切都慢慢沉闷下来，沉闷的春雨淋湿了草地上捧读诗歌的少年，让沉闷许久的少年终于不再缄默不言。餐馆里嘈杂的喧器被咀嚼声湮没，陋巷旁老太太们的闲言碎语早已过期，街衢里的小贩埋头不再吆喝，一切仿佛都随着云层变得沉闷起来。

　　街灯下斑驳的阴影在风中摇曳了一整天，那缓缓飘落的枫叶与我的思绪一同轧于杳无人烟的斑马线。我守着脚下这寸沉闷的

土地，沉闷了一天的屋宇吸进的空气如此沉闷，思念你的心如此
沉闷。起身打开窗，此刻夜幕也逐渐降临了，俯身窗台寻思着你
欣喜的音调，但它打在脚下的这片土地上却如此沉闷。突然提起
兴致来，想出门琢磨个究竟。于是肩披半身鬓发在屋檐下逡巡，
顺手抚摸着檐雨打落门阶的青苔。好似沉闷了几百万年的青苔
呵，试问你的柔软还曾有谁前来抚慰？遥迢的夜为何如此沉闷，
我最后的倾听者便不再回应。

　　世界仿佛沉闷了一整个世纪，四处奔忙的人们不再渴望休憩，
街道旁的小贩不再咨啬，妇人们不再畅谈日间琐事，挚友们不再
敞开心扉，恋人们不再相依偎在夜的屋檐。什么缱绻绵绵，什么
情深似海，什么知己，什么水波潋滟的梦境，什么瀚海星光，都

在这一刻消亡于沉闷的天穹。像这样阴郁悠长的夜晚，你所觊觎的一切美好事物都会随之下沉。好吧，既然一切都如此沉闷，你又何必将自己伪装成过客，满城已经环绕着你沉闷的气息。沉闷吧，沉闷呵！最好就这样一直沉闷下去……孤躁者的心也随之沉闷一整天了，缄口不言的日子如此苦涩。他栖于火山口，随时都有可能喷发，当躁动者的心时时不可平复，那将会是一场致百万人死亡的灾祸。唉！孤躁者没有权利沉闷，百万人的血肉与他紧密相连，牺牲他们就等同于牺牲自己。孤躁者是可悲的，他坐立于火山口，一躁动，随时可被喷入几千摄氏度的火海。而他没有选择的余地，被命运召唤的人无奈投降。对于这样一个玩世不恭的少年，请原谅他的厌世嫉俗，他其实并不坚强。多少次被黑夜里的泪水击垮，多少次在万念俱灰时想起那把锋刀，多少次想要不顾一切坠落深崖，而仅有那一次因他人无意间吐露出的一句慰语，让他从冰封千年的雪地苏醒，终究整夜都不能寐……

　　就这样沉闷着，等待云霭消散；等待阳光冲破阴霾，云层不再如此厚重；等待小贩的吆喝声重扬于街衢；等待深巷里的妇人们再次谈笑风生；等待挚友们殷切、久违的倾诉；等待恋人们再次依偎在洒满星光的夜晚；等待我与你的再次重逢……

　　转身紧闭窗户，将沉闷的周遭封锁在这个无人知晓的夜晚。

那些我们忘却的，
却依旧温暖着我们

　　我们曾经在美好的青春时期肆意挥洒热情，而在如今日复一日的生活中，又体味到柴米油盐的温馨。身边陪伴的人来来去去，给这篇名为人生的文章增添几段或精彩或枯燥的段落。

　　青春期的时候，我们总自以为自己已经成了大人，讨厌所有以为我们好为名义的约束。中学时期的我也打架逃学，不听老师家长劝告，心中向往陈浩南那样仗剑天涯的热血生活。

　　当初对父母的管教实在是厌烦透了，于是我跟着"大人物们"逃课去撸串，顶撞父母而后拿钱去游戏厅，过着我心中渴望的"英雄般"的热闹生活。在我们那个以"义气"为标准而论资排辈的团体中，大家以大哥小弟互称，少年的心中充满了对未来的向往，将父母无力而失望的背影抛之脑后。那时的我们都坚信：有兄弟，哪有什么过不去的坎！

两个帮派碰头时，当然免不了要有一番争斗，来辨出究竟谁能成为雄霸一方的存在！而我则不幸地在一次斗争中从台阶跌落。成都的台阶太高太陡，以至于当时我的伤势十分严重。我挣扎着爬起来，模模糊糊看到我所谓的兄弟们惊愕而后害怕的表情，他们迅速逃窜，留下我一个人无力地瘫倒在地。

醒来时已经是在医院，耳边传来的妈妈的呜咽和爸爸的叹息，我想起小时候，每当我跌倒了、我淋雨了、我饿肚子了，给我安慰、帮我送伞、为我做饭的，是我的父母。长大了一点之后，以为看过了更大的世界，于是我把心扑在让我眼花缭乱的"外面"，却忘记了他们。

多年过去，青葱少年也成了一个家庭的顶梁柱，如今我也不可避免加入了中年男人的行列。日复一日地写作，应付不完的要求，每天为"钱"途与家庭奋笔疾书，脾气也与日俱增。

每当我心情苦闷之时，便喜欢把自己憋在房间。又是一次写作的瓶颈期，妻子来宽慰我，我理所应当地在此时将她打发出去；而后孩子进入房间请教作业，我为了他的学业只好耐心解答；再后来一位友人前来探望，我为遵循大方得体的待客之道便走出房间热情招待。

当晚友人离去后，我突发感冒，孩子为第二天上学不迟到已经进入梦乡，只有妻子，为我拿来了感冒药而后照顾我入眠。

躺在床上，我想起与妻子初相识的时候，当时我只觉得身边有这样一位贴心人实在太过幸福，而过了这么多年，我理所应当地享受着这份照顾，习惯了这份照顾，却对给予我这份照顾的人

恶语相向。

　　我想自己是应当对妻子说一声感谢的。

　　不仅是妻子、父母，许多我们忘记了的，却依旧不离不弃守护在我们身边、给予我们温暖的，我们都应对他们道一声：谢谢。

世事洞明皆学问，人情练达即文章

抖音上曾经流传着这样一段发人深思的视频。在视频中，博主语重心长地说："你的生与死，在别人眼里，很可能只是一场热闹。"他之所以这么说，是因为在一位朋友的葬礼上，亲眼见到如此不可思议的一幕——对于很多参加者来说，这场本来该用于悲伤的葬礼，竟然演变成了千载难逢的欢乐"聚会"。

人活着总难免要伪装，但死亡这只看不见的黑手，却让每一个人都被迫剥落最后一层外衣，只剩下最柔软的状态，既直面世间的繁华，也感受繁华背后，那专属于另一面的苍凉。

殡仪馆中，貌似深刻哀悼；殡仪馆外，瞬间眉开眼笑。互递名片，沟通业务，叙旧聚会，好不热闹。仿佛一个生命的逝去是如此微不足道，好像那可怕的死亡只要没有降临到自己头上，就还可以旁若无人地谈笑。没人在意逝者，所有人都只在意自己怎么活着。一个人死了，就算是朋友，也只会激荡起再轻微不过的情绪涟漪，一切过后，活人的生活依旧五光十色，精彩纷呈。

死亡带来的触动稍纵即逝。曾经同甘苦、共患难的朋友，那些一起经历的事情，付出的感情，都被死亡在一瞬间抹平，大笔一挥，全部勾销。谁会想着死去的人？和活着的人觥筹交错才更重要。从这个角度说，一个人的葬礼根本不值一提，它的价值和意义，甚至还抵不上葬礼后的那一顿饭。

"你的生与死，在别人眼里，很可能只是一场热闹。"这句话的确一点都没错。一个人苦心经营的一生，可能对别人来说，根本就不值一提。

情比金坚，终是虚妄；情比纸薄，才是现实。

那些让你撕心裂肺，刻骨铭心的人，在别人口中，不过是茶余饭后的谈资，几句荒谬的调侃。更多的时候，甚至都不会被谈起，只是很快地随风飘散。就像那些让你殚精竭虑，牵肠挂肚的事情，在别人眼中，不过是无足轻重，鸡毛蒜皮。

谁还会记得你呢？

年轻时，为了朋友，毫不犹豫地两肋插刀，赴汤蹈火。宁愿辜负家人，都不肯缺席朋友之间的任何聚会，头也不回地追求俗世的繁华，以为自己可以功成名就，即便不能，大家在一起快乐地挥霍年华也是好的。呼朋引伴、觥筹交错，可是，几年过去了，十几年过去了，几十年过去了，到头来，不过是事过境迁、人走茶凉。你自以为深刻的奉献和牺牲，不过轻巧地装点了别人的生活。可能，直到生命的最后一刻，很多人才无奈地发现这样一个残酷的事实——原来，这世间，我在或者不在，从来都不重要。

没错，那场全情投入的聚会，有你没你，别人都一样快乐。这条说长不长说短不短的人生路，你在不在别人身边，他们一样走得开心。

人生苦短，白驹过隙。时光飞逝，活得越久，和社会纠缠得越深，也就和更多人有了剪不断理还乱的羁绊，在生活中也必然会扮演更多的角色。当日子一天比一天复杂，任谁都会被压得喘不过气。

看起来，生命好像变得特别绝望，但其实，静下心来审视自我，端正信念，就会发现，一切也没有那么难。

说到底，一个人需要做的，需要认真面对的，只有一件简单的事情。那就是，想和谁在一起，愿意成为什么样的人。

在一个承前启后的年龄里，父母日渐老去，孩子迅速成长，自己的身体大不如前，肩头的责任却一天比一天重。面对这样的情况，我们不需要再刻意迎合，无论是对具体的人和事情，还是对那无形又沉重的精神枷锁。

那些强行结交的朋友，终将因为道不同而不相为谋。那些费力经营的关系，终将因为情难继而无法维系。人到中年，苦心孤诣，很多时候，不过是为他人作嫁衣裳。终日忙忙碌碌，真正给自己剩下的又有什么呢？与其继续下去，一无所获，不如张弛有度，主次有序，把时间、精力放在更重要的人和更重要的事情上面。要知道，朋友无须太多，有三五知己，就是幸事；功名利禄，终归也没有尽头。再多的荣华富贵，也抵不过家人在身边陪伴，健康无忧，尽享天伦之乐。

　　《论语·为政》指出，"四十不惑"。人过了四十岁，经历了更多的事，当然也有了自己的判断力。不会再被表象所迷惑，也更容易看到事物的本质，了解自己的优点与缺点。于是，得不到的，不再勉强，已经拥有的，更加珍惜。只有这样懂得取舍，才能让人生的下一程不留遗憾。

　　毕竟，越来越多的物质财富，没能让人更快乐；越来越多的人际关系，没能让人更宽慰。重新审视自己和周围的关系，返璞归真。让自己不再成为欲望的奴隶，而是洞悉真谛，明白真正想要的是什么。成年人的世界的确没有"容易"二字。正因为不容易，才更要珍惜身边的一切。如果一件东西不是自己真正想要的，得到后，虽然如释重负，也难免会觉得不过如此，变得愈加空虚。这就是欲望。欲望让我们的步履沉重，让我们就算被掏空身体也走不了太远。

　　"世事洞明皆学问，人情练达即文章。"经历过生死，会对人生有更为独到的领悟。生命其实很脆弱。活着本身就已足够美好。

　　达则兼济天下，穷则独善其身。点亮心灯，温暖自己才是最重要的，如果还有能量，可以为别人送去光和热，人生就会变得更加值得，圆满。如果没有多余的能量，也用不着怀疑自己。至于生死这种事，归根结底，不要对别人抱太大的奢望就好，毕竟，从生到死，陪伴你最多的，不是其他人，而是你自己。因此，学会自处，努力修身养性，提高自己，尽量对自己好一点，才是人生最终的目的，也是唯一的答案。

浩态狂香乐相逢

每年的春天，树枝上那些细碎的花朵竞相开放，有桃花、杏花、梨花、李花、樱花等各种类别。往细里分，还有什么桃叶李、木瓜花、关山樱……这些花朵开在高枝上，将天空也染得粉粉嫩嫩。虽然近些年来城市街头的这些花儿多是观赏品种，但从名字就能读出，这些花儿还是要结果子的。顺应大自然的规律，为了快些结上果子，它们绽放又迅速地零落。这时很多人看着那零落在地面上的花瓣，忙着感时伤春，但是春天并没有就这样过去，在不经意的时候，芍药鼓出了骨朵，渐次舒展开自己的花瓣，为这春日带来又一轮的盛放。

芍药也是我国一种传统名花。多少诗人为它吟诗作曲，极尽所能来赞扬它的美丽，名著《红楼梦》中"史湘云醉卧芍药荫"一节可谓经典，近些年也听到流行歌手的歌谣中吟唱着"桥边红药叹夜太漫长"。我印象颇深的则是唐人韩愈的《芍药》一诗：

"浩态狂香昔未逢，红灯烁烁绿盘笼。觉来独对情惊恐，身在仙宫第几重。"此诗写的是他看到大片芍药花盛开的场景。第一句写芍药的形态与气味。"浩态狂香"四字中"浩"与"狂"字用得奇特，惟妙惟肖地刻画出芍药怒放的情景，赋予了盛放的芍药一种艳丽的狂气，狂得浩瀚，狂得气势盛大。"昔未逢"三字则说明这种"浩态狂香"的景象是前所未见的，突出眼前芍药的难得。"红灯烁烁绿盘笼"则是通过颜色的刻画，描绘出芍药花与叶相互映衬，有如绿龙追逐红灯，红绿对比，令人读诗如赏画。

"觉来独对情惊恐"，与前句"昔未逢"照应，突出作者看到芍药花之艳丽后的惊讶，更见芍药花的奇特，世间罕有。"身在仙宫第几重？"作者当时身处禁中，而九重宫殿之内，当然是凡夫俗子难以到达之处。这里用了双关的手法，同时也指作者沉醉美景，仿佛身处仙宫之中。

这首诗中最吸引我的，还是"浩态狂香"四个字，古人极尽绮丽旖旎之词来描绘芍药，但韩愈却用"浩""狂"这两个一般用于森林、大风、海洋等广阔壮大意象的词语来形容它。每年暮春时节，无论是花田中栽种的芍药，还是摆到花店中销售的芍药，开放起来都是一片连着一片，呈千军万马奔驰之势。芍药的花瓣，层层叠叠，芍药的叶片，绿得深、绿得浓，与花朵互相映衬。白色的芍药连成一片，如同白云朵朵，舒展天边；粉色的芍药连成一片，如同粉红的浪潮，构筑出一片梦幻的世界；紫红色的芍药，色重而凝，似乎可以伸出手去触碰深厚悠久的历史与情怀。

就是盛开得这样热烈狂放的芍药，在花市上十支一捆，价格居然不贵。每到芍药盛开的季节，花市的地上、墙面上都摆满了芍药，开得如此热烈美好，养起来竟然也方便简单，城市里忙忙碌碌没办法种花的人，只需要买来花市的芍药，放到水瓶里插好，就能目睹它从含苞欲放到灿烂盛开的过程，享受它恣意盛开的情景，嗅闻它丝丝缕缕的幽香。虽有人认为它不如牡丹尊贵，不如梅兰高雅，但是芍药便宜可亲，昔日里王侯将相与平民百姓一同赏此美景，如今芍药更是飞入寻常百姓家，暮春时节，携一捧芍药回家，观其热烈狂放的盛放，为日常的生活增添一点生气。

芍药，热烈与俗气并存，这是一种融入生活气息之中的热烈与俗气，恰如人间烟火。年纪越大，越觉出梅兰竹菊般的君子之可贵，但大多数人都乃一介俗人，我也不能例外，不若做一枝芍药，热烈地开放，认真地活过这一遭，尽情地舒展自己的力量，留下来过的痕迹。

浩态狂香的芍药，自己开得认真，他人看了也心生喜悦，便在这世上以乐为伴吧。明年的芍药花季，我告诉自己别忘了再买上一束芍药，将这种热烈、认真又带着些俗气的氛围散播下去、传递下去。

月光下的道路

读余华《活着》一书时，一句话吸引了我："我看着那条弯曲着通向城里的小路，听不到我儿子赤脚跑来的声音，月光照在路上，像是撒满了盐。"

这句话的背景是主角福贵把自己死去的儿子有庆埋在了村西的一棵树下，他不敢告诉瘫痪在床的妻子家珍，他骗家珍说，有庆上课时昏倒被送到医院去了。但是事情终归是瞒不住的，家珍知道事情的真相后，让福贵背上她来到儿子的坟前，他看着家珍扑在儿子坟上哭泣，心如刀割，后悔自己不应该把儿子偷偷埋掉，让家珍连儿子的最后一眼都没有见到。作者余华在写到福贵把家珍背到身上离开有庆的坟墓来到村口，家珍看着通往县城的小路时说：有庆不会在这条路上跑来了。这时福贵看着那条月光下的小路，发出了如上的感慨。

这句话，如此简单，又如此意味深长，浓缩了过往家庭温馨的回忆，也符合小说整体的意境——这是一个悲伤的场景，是一个农民用朴实却深厚的情感怀念自己儿子的场景，所以这里不适合用过分华丽的语言来形容这条月光下的道路，农民熟悉"盐"，也知道盐和伤口的关系。一条月光下的小路，撒满了盐，读者也能通过这样的描写，感受到农民福贵心中的悲痛在无限延伸。失去了儿子之后，悲痛的福贵在余华的妙笔下拥有了一条能够道出自己心思的道路。月光是含蓄内敛、心绪深藏的，它身处黑夜，能够接纳所有人的所有情绪，福贵如是，普罗大众，亦如是。

小时候走过的土路，坑坑洼洼，风吹过，起扬尘，雨落过，成为一摊摊泥泞。月光下的土路，有着拉着大人手时的安定，有着和朋友追追赶赶时的无忧无虑，一个人在月光下走路时，也渐渐地学会去观察世界，风刮过树叶的沙沙声，虫子躲在草丛中的虫鸣声，月光笼罩的黑夜里，突然窜出的某个小动物……那是月光下的道路，是那么美好。

后来有了压力，从年少时的学习，到踏入社会后的工作，再到年纪渐长后无法避免的生离死别、人事蹉跎，徒步行于月光之下，行走的道路也在不断变换着背景，人们走得离家乡更远，离童年更远，月光目睹我们一同从无忧无虑的童年长大，但是现在月光下的脚步却出现了变化。

或许是踌躇满志、踏歌而归，或许是迷茫彷徨、不知归处，或许是满身疲惫、步履蹒跚……形形色色的人走在月光下的道路上，他们的忧愁，他们的欢欣，他们的疑惑散落在道路上，而月光则隐蔽了他人，用轻柔的光线，留出一个让人们能够沉思独处的世界。在月光下的道路上行走的人们的一切心绪，它照单全收，无论是在什么样的道路上行走，无论行走的人是谁，月光下的道路上行走着的人们，在月光的眼中，都是平等的。

江畔何人初见月，江月何年初照人？人生代代无穷已，江月年年望相似。月光以宽容博大的胸怀照耀着人们，作为月光忠实的拥趸，我们都是一粒粒被它照亮的卑微尘埃，受月光之盏里倾泻的白银浸润。道路以坚实沉稳的地基承载着人们，我们是道路上行走的蚂蚁，有着自己在世界之中的位置，被道路托举，提供支撑的力量。在月光的广博之下，在道路的广阔之上，我们虽然是尘埃，我们虽然是蚂蚁，却也获得了抚慰与沉思的力量，我们渺小，但也有自己独特的人生。

《活着》里的福贵行走在月光照耀的道路上，怀念自己去世的儿子。张若虚漫步在一千三百多年前的江边，写下了孤篇压全唐的《春江花月夜》。作家可以赋予自己作品中的人物以生命，诗人可以把自己行走在月光下道路上的沉思写入诗中，流传千古。但是大多数人在月光下的道路上行走时，他们的经历与思绪，或许没有其他人知晓，但是他们自己知道，月光也知道，这是月与人分享的秘密，这是每个人在月光下行走时，为自己写下的史诗。月光可以是余华写给福贵的"盐"，可以是张若虚的有感而发，也可以是你的什么、我的什么、她的什么……行走在月光下的道路，我们就是自己，真实的自己。

对话诗圣

　　年少时喜江南烟雨、荆楚山色、湘水风光，三十而立立业成家，四十不惑踌躇半生，如今已是知天命之年，更喜人文景观。唐诗读了不少，故居也算去过几个，阅微草堂野趣盎然，诸葛草庐清幽典雅，最爱的却还是杜甫草堂，不仅仅是因为久居成都而爱屋及乌，更是因为诗圣一生潦倒、命运多舛，即便居无定所、身世浮萍，依然有一颗爱国的赤子之心。

　　草堂矗立在成都市西门外的浣花溪畔，无车马喧闹，环境清幽。公元759年冬天，先生为避"安史之乱"，携家入蜀，在成都浣花溪营建茅屋而居，所以故居又被后世称为"成都草堂"或"杜甫草堂"。先生在此居住近四年，创作诗歌流传上百首。草堂故居已被视为中国文学史上的"圣地"。

　　初入草堂，映入眼帘的除了环境清幽、游客徘徊外便是先生的雕像了，先生身形消瘦、眉头紧锁，像极了想象中忧国忧民的大诗人形象。突然想起先生的《登高》——万里悲秋常作客，百年多病独登台。艰难苦恨繁霜鬓，潦倒新停浊酒杯——被誉为古今七言律诗第一，写尽了先生一生悲凉、潦倒惨淡。驻足在雕像旁，仿佛是一场跨越时空的对话，聆听先生的教诲，感悟先生的魅力。

先生一生喜花草、爱树木，在浣花溪畔生活四年，用诗词向达官贵人换花草树木用来栽种，如今的草堂，花草之繁、树木之多让人流连忘返。徘徊在后院中，听蝉鸣鸟叫，赏奇花异草，舒缓身心。在这草庐之中，不禁感慨万物之神奇，虽无山川之奇险峻秀，无江河之汹涌澎湃，却有润物细无声、犹怜草木生的细腻委婉。

最喜先生的《茅屋为秋风所破歌》，"八月秋高风怒号，卷我屋上三重茅"，虽无现实体验，却也能感受到先生当年的无奈和窘迫。草堂为先生所建，自然少不了茅屋，茅屋内部陈设简单，还原了先生当时生活的艰辛，实在想不通孩童怎能忍心对如此老人下手。不过话说回来，如若没有"南村群童欺我老无力"，或许也就不会有如此名篇、如此典故、如此茅屋被后世所铭记了。

从草堂出来，回头仰视，回忆一路之所见。今日之草堂，古朴典雅，规模宏大，占地三百多亩，环境幽深宁静。廨堂之间，回廊环绕，别有情趣。堂前东穿花径，西凭水槛，堂后点缀亭、台、池、榭，又是一番无限风光。园内香楠蔽日遮天，梅树傲霜迎春，兰花清香四溢，翠竹苍松茂密如云。整座园林既有诗情，又富画意，是人文景观和自然景观集大成者。

东坡先生有云："人生如逆旅，我亦是行人。"今天来此自然、人文荟萃之地，即便人生逆旅，也算不虚此行了。

人生的分水岭

前几日与旧时老友在街上意外相遇，几年未联系的我们倒是第一眼便认出了彼此，感慨缘分之余，约去了酒楼，小酌两杯，叙叙旧情唠唠嗑。

白酒下肚，吐露真情。老友瞧了我一眼，眼神里有着一丝羡慕："作家啊，时间自由，空间自由，不用被俗事缠身，随时可以外出寻找灵感；创作时独处一室，不用体会办公室的嘈杂。前几年见你如何，如今竟还是一般模样，岁月简直像是忘记给你留下沧桑的痕迹，倒是让你显得愈发稳重了。"

我笑了笑，揶揄他道："还记得你的画家梦想吗？要不要辞去职位，同我一起'追梦'？"

老友的动作一滞，像是想起了什么美好的事情，低低地笑了几声："难为你还记得这件事。"举起的酒杯停在嘴边，他端详半晌杯中酒，最终一饮而尽，"难啊，我们如今也是不惑之年了，上有父母下有儿女，我这随了自己的心意，辞去了职位，但家里的安宁就被我打破咯。"

"前几年我们还有任性的权利，如今我们就只能妥协，这就是中年的压力吗？"老友那一声深深的叹息，触动了我的神经。我此刻坐在电脑桌旁，不禁也开始思考：中年，这个人生的分水岭，给我们带来了怎样的人生收获与体验。

压力，自不用说。中年人是整个社会的支柱，但此时的我们已然没有了青年时代的精神，更严重的已经丧失了人生目标，只是为了家人的生活而机械地完成手里的工作。

此时，我不由想说一句话：中年时期，是最关心家人的一段时光，度过了年少时的无忧无虑与没心没肺，也未到老年人看开生死开始更关心自我体验。家人，是压力的来源，也是幸福的依托。

忙完一天的工作，回到家中，看到妻子与孩子的笑颜，疲惫总能一扫而光。去探望父母，看老人家神采奕奕，关心自己吃好没睡好没，好像又回到了小时候，在父母面前，永远保存着撒娇与依靠的权利，虽然这份权利，已经很小很小。

家人安好是幸福，但也会有很多意外，我们本身也不例外。疾病开始找上门，小病小痛似乎都已经是家常便饭，也总会因为家人的咳嗽而一阵揪心。那是一双无形的手，透露着丝丝威胁，我们看不到，却能感知到；我们会感到不安与无助，因为我们还未体会过真正的离别。但离别其实离我们越来越近，我们知道，总有一天，我们要体会这份伤痛，可内心深处却希望这一天永远不要到来。

　　这就是人生的分水岭，一个完整人生的必经路。可能它很难熬，让人痛苦，让人不安，不仅要头顶压力，还要时刻警惕。但也是最幸福的一段时光，因为这个时候，我们的家人，还团圆着。

　　后来，我又和老友约了数次酒席，在某一次我俩都有醉意时，我问他："你觉得你幸福吗？"他愣了一下，嘴角勾起一丝弧度："幸福，看到妻子、女儿、父母，想着自己能是他们的依靠，特别幸福。"

随遇而安

一个夏日炎炎的午后，一场暴雨总能给人带来一沁凉意，让曝露在骄阳里的黑色皮肤喜获甘霖的滋养，让干瘪、贫瘠的灵魂活跃起来。一声声"让暴风雨来得更猛烈些吧"的呐喊似乎灵验了，不禁让人感叹：生活就像一盒巧克力，你永远不知道下一颗会是什么味道。

近段时间，一条强雨带始终在我国南方上空盘旋，久久不愿离去，致使南方多条江河洪流滚滚，广袤的平原大地也出现了内涝，成都频频传来水情，引发我的阵阵担忧。

特别是早些天，姑姑传来一段视频，从画面上可见，河水已到墙脚下，那可是以前护城大堤的顶啊，多危险。不过，现在不担心洪水漫堤了。我倒是很担心沅江之水继续上涨，把家乡的那张"名片"给淹了。那可是倾注了无数老人的心血之作啊！父母也是参与者，也付出了他们的心血啊！一场牵动着无数人心的洪灾，怎不让人揪心呢？

记得有一晚，半夜被巨雷惊醒，接着就是雨点砸在瓦片上爆豆似的响。无休无止，整整下到天大亮。好不容易等到风停了、雨住了，我一骨碌翻身起床，一路小跑来到了河埠上。

这时，岸上的人们早已忙乎开了，有捕鱼的，有捞芦柴的，有看热闹的。暴雨过后的河面，陡然增阔，雨前平静温柔的河流，变得暴怒异常。洪峰推波逐浪，气势汹汹，犹如一条龙咆哮着肆虐河床。此情此景，看得人惊心动魄。再有那波涛逐浪声，哗哗哗，震耳欲聋，让人心惊胆战。狂放不羁的洪水，总是让人噩梦连连，有时在观看洪水泛滥、洪峰追逐的视频，看到飘来的房门和门窗，那漂浮在水面的残壳背后，曾经也是个温馨的家庭呐！这场突如其来的洪灾，让多少人平静的生活破碎。

人长大，看到的世界就会不一样。当我再次静下心来看这个世界时，世界早已不是当年的模样。写到此处，一道闪电划过长空，雷声骤然响起，紧接着爆豆般的雨点砸在屋顶上、树叶上、玻璃上。

这个世界上，什么是最可怕的呢？不是母亲说的故事里的大灰狼，也不是村头耍杂技的"南方人"，而是面对天灾人祸时，人们的无力、无助与无奈。在生命的洪水到来时，我们能做些什么呢？唯有爱与坚强，策略与行动，才是摆脱困境的出路。

脚下的这片土地，不瘟不火，平淡中生活，平凡中繁衍，在明灭的生活里随遇而安。

归　途

雨，下了好久好久，不知道有没有洗涤那个早该被清洗的灵魂；风，吹了好久好久，不知道有没有吹散那些早该被吹走的记忆；夜，深了好久好久，不知道有没有抹掉那些早该被抹去的孤寂；心，凉了好久好久，不知道有没有冻结那些早该被冻结的躁动。

2021年1月21日下午2时8分，下雨了，一个人，拖着行李，看着车站上来来往往的人群，听着雨声和人声奏出的聒噪交响乐，终于体会到那种茫然四顾、茕茕独立的心情。从拥挤的人群里勉强挤进去，随着这份熙熙攘攘踏入那个长条状的、载着我驶向远方的庞然大物。

车开了，载着漂泊的人回到温馨的港湾，也载着我们这些从温馨港湾中出来的人，背井离乡，继续漂泊。其实，我知道，我们都是旅人，每天都为着不同的目的，在不同的列车上缅怀着现在和过去，奔向不同的目的地。求学归家的学子，铩羽而归的游子，四处拼搏的打工仔，同是天涯沦落人。

火车此刻经过的地方是郊区，晴朗的天空下，是低矮的山丘和树丛，中间稀稀疏疏坐落着红砖黑瓦的房屋，还有那绿油油的田地和蜿蜒其中的小河，一切是那样的和谐。

这里是乡村，没有城市里的流光溢彩、灯红酒绿，如豆的灯光下是慈母手中线、游子身上衣；这里是乡村，没有高楼大厦，亦没有拥挤的车流，那一间间朴实无华的住房，承载着我们内心深处的温情，就连那轰隆隆的拖拉机声，听起来也是那样的温馨；这里是乡村，没有名烟洋酒，没有稀世珍品，这里的每一个人都辛勤而知足，甘愿用布满老茧的双手抚慰贫瘠的土地和贫困的生活。

入夜了，车窗外暗黑天幕下稀疏的灯火，似乎在告诉我们，我们并不孤寂。车厢内，一如既往的热闹：学生在高谈雾雨电，阔论家春秋，纵横水浒西游，捭阖仙剑奇侠；中年妇女们用听不懂的语调，不知是议论着公婆还是儿女；那些爷们儿大多是出门在外的打工者，他们的语气和脸一样饱经沧桑，还多了一分不满和牢骚。

记得在车站检票时，一位叔叔说，你看这趟车，开头连个字母都没有，一看就是给普通人坐的。的确，这车上真正衣着光鲜的人少之又少，就算是背公文包的也是不得志的那类，大多是学生和农民工，普快硬座的车厢内拥挤而聒噪。

过不了多久，等到第二天的阳光到来时，我们就要从这个庞然大物上下来，随着人流涌入那座大城市的街巷、写字楼、快餐店、工地、码头、早点铺，开始新的忙碌的一年。或许是为在这个城市挣得一席之地，或许是为孩子受到更好的教育，或许是为给父母更好的生活……总之，不管是为了什么，大部分普通人此生都会这样忙碌下去。

心中的大佛

　　回忆如同绵绵江水在心间流淌，带着岁月的沉香，也带着让我难以言说的感动。而那段与乐山大佛相伴的时光，便是我心中最为璀璨的一颗明珠。

　　在我心中，乐山大佛不仅是一尊千年古佛，更是一位充满故事与情感的老友。每一次回忆起与乐山大佛相伴的时光，都仿佛是一场心灵的旅行，让我沉浸在那份宁静与庄重之中。

　　我自小没离开过家乡，然而在青葱少年心中有一个关于远方的梦——每每听到一方小屏幕讲述外面的世界，那些关于繁华都市、广袤山川、异域风情的描述，就如同一幅幅绚丽的画卷，在我心中徐徐展开。

　　我渴望踏上未知的土地，去见识更广阔的世界。但现实却如同一道无形的枷锁，束缚着我的双脚，那时的我苦闷于无法踏上充满未知与风险的旅途。而我第一次走出家乡小县城就来到了四川乐山。偶然的一次机会，十六七岁的我跟着外出办事的十分疼爱我的叔叔来看著名的乐山大佛。

就这样，在晨光熹微中，我们沿着江边的小径，悠然地走向大佛。从远处望去，大佛依山傍水，仿佛与天地融为一体。

难掩心中兴奋，我们快步走近些，穿过熙熙攘攘的游客群，就来到了大佛脚下。抬头望去，只见大佛庄严而慈祥地俯瞰着这片土地，那微微上扬的嘴角，透露出一种包容与智慧，仿佛能够包容世间所有的悲欢离合。而那深深的眼窝，仿佛能洞察世间的一切。我深深凝视着大佛的面庞，感受着那岁月留下的痕迹，心中涌起一股莫名的感动。

据史书记载，乐山大佛始建于唐玄宗开元初年，历时九十年建成，无数匠人倾注了心血与汗水，才铸就了这尊千年古佛。站在大佛脚下，我仿佛能感受到那些匠人们凿石的艰辛与执着。他们用自己的双手，一点点雕刻出佛像的轮廓，赋予它生命与灵魂。每一刀、每一凿，都凝聚着他们的智慧与汗水。

大佛历经千年风霜，依旧笑看人间沧桑。在岁月的长河中，它见证了多少朝代的更迭，多少世事的变迁。如今，我站在佛前，试图探寻这尊佛像走过的历程，感受它所承载的历史与文化。

这尊巍峨的大佛，如同一座永恒的灯塔，照亮了我们前行的道路。它告诉我们，无论经历多少风雨与坎坷，只要我们心怀信仰，就能够战胜一切困难与挑战。

我感觉自己像是突破了层层迷雾，抓住了一束希望的光。路还很长，但我愿意用自己的努力和汗水去铺就那条通往远方的道路。

心中的那团火被点燃了，我全身心扑在了学业上，升上了一所好高中也如愿去到外地上大学。长大的自己初步完成了儿时的梦想。

外面的世界很大很精彩，然而对于我这个只会学习的乡下人来说想要留下来还是太困难了。家里人都很想让我留在家乡找一份安稳的工作，正逢我举棋不定的时候，外婆生了一场病，我放下了毫无起色的事业暂时回到了家里。幸而外婆的病日渐好了起来，但接下来该怎么走我实在琢磨不透。留下，在家人的帮衬下找到一份还算体面的工作，我可以从此过上踏实的日子，可我心底却总有一个声音呐喊着不甘心。

大病初愈的外婆拉住我的手，对我说："孩子，想做啥就放手去做，年轻要敢去到外头闯。"我明白外婆是那么支持我，可我真的能做到放下年迈的外婆与操劳的父母洒脱地离开家乡吗？

又想起了那尊大佛。这次我只身走上探望大佛的征途。再次来到这里，心绪却已大不相同。阳光透过树叶的缝隙，洒在行人的脸上，温暖而舒适。江面上波光粼粼，几只白鹭在水边嬉戏，更增添了一抹生动与活力。看到眼前的美景，让人的心情也不自觉变得畅快许多。多年未见，大佛巍峨耸立，依旧庄严而神秘，它一直守护着这片土地和人民。

站在山脚下，我仿佛能感受到它的气息，那是一种宁静、庄重而又深邃的气息。我闭上眼睛，静静地聆听着风吹过树梢的声音，它仿佛在告诉我："我等你。"眼泪夺眶而出，澎湃的情感在心头激荡。当我再次睁开眼睛时，已是日落时分。夕阳的余晖洒在大佛的身上，为它披上了一层金色的光辉。

我站起身来，深深地鞠了一躬。重新出发，家人的殷切希望，化为我前进的动力。无论走到哪里，只要想起这尊庄严又神秘的大佛，心中就会生出许多勇气！

竹海游记

闲暇时我们全家去到宜宾游玩，而著名的蜀南竹海据说是不可错过的美景之一。于是我们选了一个风和日丽的周末，一家人踏上了前往竹海的旅途。

沿途风景如画，绿树成荫，溪水潺潺，仿佛是大自然为我们奏响的一曲欢迎乐章。

进入竹海，一片翠绿的竹林映入眼帘，仿佛置身于一个绿色的世界。阳光透过竹叶的缝隙洒在地上，形成斑驳的光影，让人感受到一种宁静而祥和的氛围。

我们漫步在竹林中，一家人有说有笑，听着竹叶沙沙作响，感受着清新的空气拂过面颊。

父母走在前面欣赏美景，姐姐正忙着逗弄小外甥，我忽地想起自己儿时曾闹出一个关于竹林的笑话——

小时候，因为一件微不足道的小事，我与父母大吵一架，一气之下收拾了一些行李偷偷出走了。

起先心中只有愤怒，而当我走得离家稍远一些，心中的烦闷与委屈逐渐被一种莫名的恐惧所取代。我能去哪里呢？路上会不会遇到什么危险？我开始控制不住地胡思乱想，心跳加速，手心里也渗出了冷汗。

不知不觉间，我走到了一片竹林。竹林幽静而深邃，仿佛是一个与世隔绝的世外桃源。我停下脚步，望着眼前这片翠绿的竹林，心中的烦躁似乎也随之消散。

在竹林中漫步时心中的思绪如潮水般涌来。我意识到，自己或许真的错了，不该因为一时的冲动而离家出走。

于是我站起身走出竹林，而出来却到了一个陌生的地方，我有些慌乱但极力保持镇定，想要找到回去的路。天色越来越暗，我瞎转了大约半小时却仍找不到回家的路，开始感到迷茫和不安，后悔自己的冲动和任性。

就在这时，一阵风吹过，竹叶沙沙作响，我的心猛地一紧，控制不住地打了一个寒噤，想要尽快逃离这个恐怖的地方。然而，越是着急，越是找不到回家的方向。这个时候我是多么希望父母赶快来接我回家。

就在我最无助和恐惧的时候，一阵熟悉的呼唤声从远处传来。抬头一看，是父母焦急地朝我跑来。母亲气急了抬手给了我两巴掌，那时我知道自己终于安全了，也顾不得什么形象和自尊，一头扎进父母的怀抱号啕大哭。

现在每每想起，都会为当时的任性和小小的虚荣心感到后悔和可笑，而今来到真正的竹海，也算是给儿时的冲动加个注脚。

在我成长的过程中，与竹子有关的故事还有一桩。高中时期有一段时间学习压力很大，成绩下降怕被责骂不敢回家，走进一个公园想要忘记那些烦心事。正坐在长椅上发呆时，一阵悠扬的笛声传来，打破了周围的宁静。我循声望去，只见一位白发苍苍的老者坐在水边，手持竹笛，吹奏着动人的旋律。那笛声如同潺潺流水，又如丝丝细雨，温柔而缠绵，仿佛能穿透人的心灵。

我走近老者，站在他身旁，聆听着那如泣如诉的笛声。他的眼神深邃而明亮，仿佛蕴含着无尽的故事。那笛声仿佛有一种神奇的力量，让我忘记了所有的烦恼和忧愁，心中只剩下宁静和平和。我仿佛被带入一个神奇的世界，那里没有喧嚣和纷扰，只有纯净和美好。

老者吹奏完毕，睁开眼睛，微笑着看着我。他的眼神中透露出一种智慧的光芒，仿佛能看穿我内心的所有想法。

他告诉我，自己年轻时曾是宜宾的一位的民乐家，对宜宾的文化有着深厚的热爱。退休后跟随子女搬来了这里，他选择用竹笛来表达对家乡的思念与热爱。他说，每一支竹笛都承载着宜宾的历史和文化，他希望通过自己的吹奏，让更多的人感受到宜宾的魅力和温度。

我向他倾诉近来的苦恼，他听完后慢慢地说："娃娃，人生就像这笛声一样，有起有伏，有高潮也有低谷。但只要你保持内心的宁静和平和，没有任何难关能拦得住你。"

我被老者的话深深触动，重新整理了心情回到了家里，将自己的成绩如实告知父母。出乎意料的是，我等来的并不是父母的责骂，而是热过两遍的饭菜。父亲拍拍我的肩："以后回家要注意时间，太晚了我跟你妈很挂心你。"我用力点了点头。

是啊，没有任何难关拦得住我。每当再有心情烦闷的时候，我也会拿出一支竹笛，尽管吹得并不好听，然而却是让我迅速整理好心绪的方法。

夕阳西下，我们依依不舍地离开了竹海。回首望去，那片绿色的海洋在夕阳的余晖下显得更加美丽。我心中充满了感激与喜悦，感谢这片竹海给我们带来的宁静与舒适，也感谢自己能够亲自来体验这份美好。

牡丹映照书香路——彭州之美

    彭州，这座坐落于成都平原西北的璀璨明珠，以其得天独厚的自然资源和千年传承的人文底蕴，吸引着无数游客的目光。从绚烂的牡丹花海到静谧的湔江河谷民宿，再到充满韵律的白鹿音乐小镇，弥漫着书香的彭州大地，每一处都散发着独特的魅力。

    彭州又名天彭，位于成都平原西北，距成都市三十四公里，是蜀中膏腴之上地，物华天宝，民殷物阜，素有"花州"之称，为中国牡丹的主要原产地之一。牡丹，是彭州的骄傲。彭州自古就有"天府金盆""蜀中膏腴"的美誉，是古蜀文化发源地之一，早在三千多年前，就有人民在此劳作生息，并开创了湔江文化。唐朝，彭州牡丹扬名天下。南宋著名诗人陆游赞曰："牡丹在中州，洛丹为第一；在蜀，天彭为第一。"现在，彭州已成为中国南方最大的牡丹基地，牡丹花也被确定为彭州市市花。每年春季，牡丹盛开，吸引着无数游客前来欣赏。牡丹花会一直持续到4月，这期间，彭州市会举办各种牡丹相关的文化活动，例如牡丹花展、牡丹摄影大赛等，给游客带来丰富的旅游体验。那绚烂的花海，如同天边的彩霞，映照出彭州大地的无限生机与活力。

　　而在彭州的大美湔江河谷中，隐藏着一片宁静的民宿群落。湔江河谷旅游区位于彭州市中部，是彭州最具代表性的自然景观之一。这里山清水秀，空气清新，是远离城市喧嚣的理想度假胜地。沿着湔江河谷漫步，你可以看到一排排独具特色的民宿点缀在青山绿水之间。这些民宿不仅提供了舒适的住宿环境，更融入了彭州深厚的文化元素。无论是山谷居民宿的川西风情，还是湔江别院的精致园林，都让人流连忘返。在这里，你可以尽享大自然的馈赠，感受彭州人民的热情与好客。例如，山谷居民宿。这家民宿依山傍水，将当地传统的川西民居风格与现代设计理念相结合。在这里，游客可以享受到宁静的山水之美，同时也能感受到家的温馨与舒适。民宿内的庭院种植着各种花草，春天时满园花香，让人心旷神怡。湔江别院也广受欢迎。这家民宿以精致的园林景观和优雅的室内设计著称。每个房间都有独特的装饰，融合了现代与传统，给游客提供一种别致的住宿体验。此外，民宿还提供地道的彭州美食，让游客在享受美景的同时，也能品尝到美食。河谷驿站这家民宿则活动颇多。这家民宿位于湔江河谷的核心区域，提供多种房型供游客选择。每间房都有宽敞的阳台，可以欣赏到河谷美景。此外，河谷驿站还经常举办各种活动，如烧烤派对、音乐会等，让游客在旅行中不仅能放松身心，还能体验到更多的娱乐和社交项目。对于喜静的人，山水间民宿是好选择,这家民宿以其亲民的价格和舒适的住宿环境受到游客的喜爱。山水间民宿还提供免费的自行车租借服务,游客可以骑行在河谷间感受大自然的美好。这些民宿的特色不仅在于它们各自独特的建筑风格和装饰艺术,还在于它们所提供的个性化服务和对当地文化的传承。在湔江河谷的民宿中,游客可以更深入地体验彭州的风土人情,感受彭州的历史和文化氛围。

彭州还有一座充满活力和韵律的小镇,它就是白鹿音乐小镇。这里,音符与书香交织,创意与传统共舞。白鹿音乐小镇是一个充满音乐魅力的地方。走在小镇的街头巷尾,总能听到轻轻的音乐声在空气中回荡。这里的每一座建筑,每一片绿地,都仿佛在诉说着音乐的故事。这里有专业的音乐工作室,有音乐家和歌手的演出,还有各种音乐活动和比赛。无论你是音乐爱好者,还是偶尔路过的游客,都能在这里找到属于你的音乐节奏。白鹿音乐小镇,是彭州的一张亮丽名片。它以独特的音乐文化和浓厚的书香氛围,吸引了无数游客前来。这里的民宿,不仅提供了舒适的住宿环境,更展现了彭州的文化特色。在白鹿音乐小镇,你不仅能感受到音乐的魅力,还能品尝到地道的彭州美食。彭州被誉为"中国蔬菜之乡",是"全国五大蔬菜生产基地之一",其蔬菜种植历史悠久,品质优良。此外,彭州还盛产各种特色小吃,如豆花、火锅、烧烤等,让人流连忘返。

书香彭州是彭州的另一道风景。四川彭州有一家"最安静"的书院——白鹿上书院,曾名动西部。这座书院虽然名气不大,却承载着一段厚重的历史,见证了中西文化的交融。如今,它已

成为国家级文物保护单位，吸引着历史爱好者与摄影爱好者前来探访。白鹿上书院建于 1895 年，是当时西部地区最著名的学院之一。这里的学生们学习地理、天文学、哲学等西方知识，以期能够学以致用，振兴中华。在那个内忧外患的年代，白鹿上书院成了培养爱国志士的摇篮，培养了一代又一代有识之士。

在彭州的大街小巷，书店、图书馆和阅读空间随处可见，彭州人民热爱阅读，他们视阅读为一种生活方式和追求。书香彭州不仅是一个阅读的城市，更是一个思考的城市，这里的人们在书海中寻找智慧，在思考中探索未来。

牡丹映照书香路，彭州之美，既在于其壮丽的自然风景，更在于其深厚的人文底蕴和独特的文旅魅力。这里既有牡丹的绚烂与热烈，又有湔江河谷的宁静与深邃；既有白鹿音乐小镇的活力与创意，又有书香彭州的沉静与思考。彭州之美，如同一幅绚丽多彩的画卷，等待着每一位游客前来欣赏与探索。